Les quatre vérités

David Lodge

Les quatre vérités

Novella
traduite de l'anglais
par Suzanne V. Mayoux

Rivages

Dire ses quatre vérités à quelqu'un :
lui dire sur son compte des choses
désobligeantes...

(Le Robert)

Titre original : *Home Truths*

© 1999, David Lodge
© 2000, Éditions Payot & Rivages
pour la traduction française
© 2002, Éditions Payot & Rivages
pour l'édition de poche
106, boulevard Saint-Germain – 75006 Paris

ISBN : 2-7436-0884-6
ISSN : 1160-0977

1

À quelque deux kilomètres du village, la fermette occupe un lieu isolé, au bout d'un chemin creusé d'ornières qui part de la route. On passe facilement devant cette brèche dans les haies sans remarquer la petite pancarte en bois clouée sur un poteau et portant l'inscription LUDLOW peinte à la main, et donc sans se douter que le chemin conduit à une habitation. Une bosse du terrain et un bouquet de hêtres masquent à la vue, depuis la route, la fermette et ses dépendances.

Ce n'est pas l'un des coins les plus pittoresques du Sussex, mais une petite enclave agricole un peu défavorisée, située entre l'autoroute Londres-Brighton et la régionale qui bifurque en direction de Worthing. On s'y trouve plus près de l'aéroport de Gatwick que des South Downs. La fermette est ancienne, mais sans grand intérêt architectural. Elle paraît avoir consisté à l'origine en deux logis contigus où devaient habiter des garçons de ferme, réunis à une époque récente pour obtenir une seule maison, au prix de nombreuses modifications. La porte principale ouvre sur un côté, où l'on a aménagé au bout du chemin d'accès un terre-plein de gravier qui sert de parking et, sur la longue façade, les anciennes portes converties en fenêtres donnent sur un jardin agréable et sans prétention : pelouses, arbustes et massifs de fleurs. Derrière, on a ajouté une aile sans étage abritant une cuisine moderne et une salle de douche au carrelage blanc. Outre une sorte d'appentis contenant un four à céramique, les dépendances comprennent ce qui ressemble à première vue à une cabane à outils, sinon qu'elle est construite avec du bois de bonne qualité et que son unique fenêtre, petite et carrée, percée dans la porte, est garnie de verre sombre et opaque.

« Savais-tu, demanda Adrian en lisant ce qui était écrit sur la boîte, que les corn flakes se composent à quatre-vingt-quatre pour cent de glucides, dont huit pour cent de sucres ? »

Plongée dans son journal, Eleanor ne répondit pas. Adrian s'empara d'une autre boîte pour étudier l'analyse de son contenu.

« Dans l'All-bran, il n'y a que quarante-six pour cent de glucides, mais ce sont à dix-huit pour cent des sucres. Dix-huit pour cent de quarante-six pour cent, c'est mieux ou c'est pire que huit pour cent de quatre-vingt-quatre ? »

Eleanor persistait à se taire. Adrian n'en parut ni étonné ni vexé. Il prit en main une troisième boîte.

« C'est le Shredded Wheat qui semble le plus recommandable. Soixante-sept pour cent d'hydrates de carbone, dont moins de un pour cent de sucres. Et pas de sel. Ce qui explique sans doute que ça n'ait pas beaucoup de goût. » Il déposa dans son bol une portion de Shredded Wheat, et il versa dessus du lait demi-écrémé.

Il était neuf heures du matin, un dimanche de l'été 1997. Adrian et Eleanor Ludlow se trouvaient en robe de chambre dans la salle de séjour de leur fermette. C'était une grande pièce basse de plafond, confortable, avec la table des repas à un bout et un coin salon à l'opposé, autour d'une cheminée. Les murs étaient couverts de rayonnages bourrés de livres qui paraissaient pencher en avant par endroits, à cause de la maçonnerie irrégulière – la maison évoquait un peu une habitation troglodyte, en version civilisée. Des espaces avaient été ménagés sur les étagères pour y disposer des vases, des pichets et des bols en céramique qui possédaient tous un air de famille, et d'autres objets du même genre étaient posés çà et là dans la pièce. Encastrés dans la bibliothèque, il y avait aussi les éléments d'une coûteuse chaîne hi-fi, muette à cette heure de la journée, ainsi que le poste de télévision poussé dans un recoin de la partie salon. Adrian était encore à table. Eleanor avait fini son petit déjeuner et s'était assise sur le canapé pour lire la presse du dimanche. Elle le faisait méthodiquement. À sa gauche, elle avait une pile de journaux grand format aux multiples suppléments, pliés en bon ordre ; à sa droite s'entassait ce qu'elle avait déjà dépouillé. Elle portait des gants en coton pour éviter de se tacher les mains avec l'encre fraîche et de l'étaler sur ses vêtements.

« Il paraît qu'un nouveau film britannique fait sensation en Amérique », annonça-t-elle. Elle lisait le cahier « Culture » du *Sunday Gazette*. « Une histoire de strip-tease masculin à Sheffield.

— Ça doit exercer un attrait exotique pervers sur les Américains, répliqua Adrian. Je ne peux pas imaginer que ça marche chez nous. À part ça, quoi de neuf dans l'univers des tentatives artistiques ? »

Eleanor feuilleta les pages.

« Damien Hirst expose un critique d'art décapité dans un bac de formol. Ah non, rectifia-t-elle aussitôt, c'est une blague.

– Plutôt difficile de voir la différence, de nos jours.

– Et il y a une guerre qui couve au sujet du Royal Opera House.

– Tout ça rend un son familier qui est bien rassurant », observa Adrian.

Un avion à réaction survola la maison. Celle-ci se trouvait à une vingtaine de kilomètres de l'aéroport de Gatwick, et sous la principale trajectoire d'envol. Le bruit faisait parfois sursauter les visiteurs, mais Adrian et Eleanor ne l'entendaient pratiquement plus.

« Quelles sont les nouvelles à la une ? » demanda Adrian.

Eleanor posa la *Gazette* et prit le premier cahier du *Sunday Sentinel*.

« Pas grand-chose. Il est surtout question des vacances de Diana avec Dodi Al Fayed.

– Mais c'était déjà le cas dimanche dernier ! s'écria Adrian.

– C'est le clou de cette saison débile. Un des tabloïds a versé deux cent cinquante mille livres pour avoir des photos du couple s'embrassant sur le yacht de Dodi.

– Pour le même prix, on pourrait s'offrir

un Picasso très convenable. Un petit, tout du moins. »

En arrivant au bas de la page, Eleanor écarquilla les yeux.

« Grand Dieu ! s'exclama-t-elle.

– Qu'est-ce qui se passe ?

– Je ne peux pas le croire. »

Elle lâcha le premier cahier et se mit à chercher parmi les autres sections du *Sentinel*.

« "Quelle peut être la cause d'une telle stupéfaction, se demanda-t-il", dit Adrian, qui avait jadis été romancier. Jeffrey Archer* a-t-il renoncé à son titre de noblesse ? Richard Branson a-t-il voyagé à bord de l'un de ses propres trains ? Est-ce que…

– Apparemment, le *Sentinel Review* contient une interview de Sam. Par Fanny Tarrant.

– Ah oui. »

Eleanor leva sur Adrian un regard étonné.

« Tu étais au courant ?

– Plus ou moins. Fanny Tarrant m'a appelé à ce propos.

– Tu ne m'en avais pas parlé.

– Je n'y ai plus pensé. Tu devais être sortie.

– Qu'est-ce qu'elle voulait ?

---

* Jeffrey Archer : homme politique anglais (conservateur) et romancier à succès, anobli en 1992. *(N.d.l.T.)*

« – Des détails personnels sur la vie de Sam, dit Adrian.

– J'espère que tu ne lui en as pas donné.

– Je lui ai répondu que je refusais de parler de mon plus vieil ami dans son dos.

– Et comment ! » approuva Eleanor. Ayant mis la main sur le *Sentinel Review*, elle l'extirpa de la liasse. « Surtout avec cette Tarrantule. Les types dans le genre de Sam, elle en dévore un tous les matins au petit déjeuner. »

Adrian loucha sur la cuillerée de Shredded Wheat à mi-chemin de sa bouche.

« C'est vrai que chez lui, la proportion de sucre est infime.

– Sir Robert Digby-Sisson en a pleuré, lorsqu'il a découvert ce que Fanny Tarrant avait écrit sur son compte, poursuivit Eleanor tout en feuilletant la section magazine.

– Comment tu le sais ?

– Je l'ai lu dans un autre canard. Ah, voilà. Seigneur, quelle photo ridicule ! Je crains le pire. Regarde-moi ça. » Eleanor brandit le journal ouvert en direction d'Adrian pour lui montrer la grande photo en couleurs de Sam Sharp. « Il porte des bottes de cavalier. Il ne monte pas. Il ne possède même pas de cheval.

– Ce ne sont pas des bottes de cavalier, ce

sont des bottes de cow-boy, rétorqua Adrian. Il les met pour faire de la moto.

– De la moto ! Il serait temps qu'il devienne adulte. En tout cas, sur la photo, il n'est pas en moto, il est assis devant son ordinateur, et il a l'air complètement crétin avec ses bottes de cow-boy… Oh là là ! Écoute ça. » Eleanor se mit à lire l'article à haute voix. « *Samuel Sharp s'en est plutôt bien sorti, pour un fils de buraliste du fin fond de Deptford. Il possède dans le Sussex une ferme fortifiée du XVIIe siècle, modernisée, avec son court de tennis et quelque soixante-quinze hectares de terre arable qu'il loue à des agriculteurs du coin parce qu'il n'a pas le temps de les exploiter lui-même, étant trop occupé à écrire de lucratifs scénarios pour la télé. Néanmoins, il doit se complaire dans son rôle campagnard, à le voir arpenter son domaine vêtu d'un jean Ralph Lauren enfoncé dans ses santiags à talons hauts. À vrai dire, les talons tombent bien, car il est plutôt court sur pattes. La stature est un point sensible chez lui. "Mieux vaut s'abstenir d'interroger Sam au sujet de sa taille, m'a dit quelqu'un de ses amis. Ou de sa moumoute."* J'ignorais jusque-là qu'il portait une moumoute. Tu parles d'un ami ! observa Eleanor. Ce n'est pas toi ?

– En aucun cas. Où est la marmelade allégée ?

– Il n'y en a plus. » Adrian eut l'air déconfit.

Eleanor reprit sa lecture de l'article. «*Naturellement, ces tabous n'ont servi qu'à exciter ma curiosité. J'ai passé une bonne partie de notre entretien à faire des pointes, essayant de repérer sur le dessus de son crâne des signes révélateurs de son postiche. Lorsqu'il me prenait sur le fait, il se haussait lui-même sur la pointe des pieds pour me contrarier, si bien que nous devions ressembler à un couple de danseurs classiques en train de s'échauffer. Sauf qu'il n'y avait là personne pour assister à la scène. Mrs Sharp a déserté le ranch voilà trois mois. D'après la rumeur, elle s'est mise en ménage avec le réalisateur du dernier feuilleton de son mari,* La Ligne du bas, *couronné de plusieurs Baftas**. Quand j'ai abordé la question, Samuel Sharp s'est montré assez peu loquace. "Nous nous sommes séparés d'un commun accord", m'a-t-il déclaré. Soit dit en passant, Laura était l'épouse numéro deux, la numéro un étant partie depuis quelques années en emmenant leurs deux enfants...* En quoi est-ce que ça la regarde ? Ou qui que ce soit d'autre ? commenta Eleanor avant de poursuivre. *Ce qui frappe d'abord dans le bureau de Samuel Sharp, c'est qu'il est tapissé de diplômes, de trophées et de nominations pour des prix de toutes sortes, sans*

---

* Baftas : équivalent britannique des Césars et des 7 d'or. *(N.d.l.T.)*

15

compter les photos de presse de Samuel Sharp, telle une salle de restaurant italien. En second lieu, on remarque le miroir en pied sur l'un des murs. "C'est pour créer une sensation d'espace dans la pièce", m'a expliqué notre écrivain, mais on ne peut s'empêcher de croire à une autre raison. Son regard dérive sans cesse sur le côté, irrésistiblement attiré par son reflet dans cette glace, même pendant qu'il s'adresse à vous. En allant voir Samuel Sharp, je me demandais d'où lui venaient ses malheurs conjugaux. En partant, je pensais détenir la réponse : de son insupportable vanité.»*

Eleanor regarda Adrian pour connaître sa réaction. Il étalait une mince couche de marmelade sur un toast refroidi.

«Fanny Tarrant est un peu dure, dit-il.

– Dure! Elle est d'une méchanceté sans nom!»

Eleanor lut la suite en silence pendant quelques instants, avec des petits soupirs consternés et des ricanements étouffés, puis elle explosa de nouveau.

«Grand Dieu! Écoute ça : *L'héroïne du dernier téléfilm de Samuel Sharp,* Ténèbres, *est présentée comme une "nymphomane" dans le communiqué de la BBC. J'ai demandé à l'auteur s'il avait jamais fréquenté une nymphomane. "Oui, enfin non, tout dépend de ce qu'on entend par nympho-*

mane, a-t-il bredouillé. J'ai connu des femmes qui montraient de façon assez évidente qu'elles seraient, enfin, vous me comprenez, pour peu que je leur donne le moindre signe d'encouragement, mais de là à dire qu'il s'agissait de nymphomanie, à proprement parler..." Je crois qu'il cherchait avec délicatesse à suggérer qu'il est bien difficile, pour un tombeur comme lui, de savoir si l'empressement des femmes à lui ouvrir leurs cuisses est un effet de leur tempérament ou de son irrésistible séduction. »
Eleanor posa le journal. « Sam va être anéanti quand il lira ce papier.

— Oui, mais il l'a bien cherché, riposta Adrian.

— Tu n'as guère de compassion pour ton meilleur ami.

— J'ai dit "mon plus vieil ami".

— Alors, qui est ton meilleur ami ? »

Adrian réfléchit une minute. « Ma meilleure amie, c'est toi. »

Eleanor demeura impavide.

« Moi mise à part.

— Je ne crois pas en avoir, répondit-il. Hélas, ce concept n'a plus cours à l'âge mûr. »

Adrian avait célébré son cinquantième anniversaire quelques mois plus tôt. Eleanor avait deux ans de moins. Voilà une trentaine d'années, ils avaient fait leurs études supérieures avec

Sam Sharp dans une faculté de province. Tous deux avaient eu la chance de bien vieillir. Adrian était grand et mince, un peu voûté, avec une crinière de cheveux argentés qui lui tombaient sur les oreilles et sur le cou. Eleanor était encore une belle femme, agréable à regarder même à cette heure matinale, avant d'avoir fait sa toilette et de s'être arrangée. Une chevelure abondante et ondulée, d'une teinte discrète, auréolait son visage rond, charnu, aux grands yeux noisette, à la bouche et au menton généreux. Elle avait préservé sa dentition et sa silhouette.

À cet instant, ils entendirent une voiture rouler sur le gravier du terre-plein devant la maison.

« Qui ça peut-il être ? » demanda Eleanor.

Adrian alla à la fenêtre et regarda dehors en se tordant le cou pour voir le parking.

« C'est Sam, annonça-t-il.

– Ha, ha », fit calmement Eleanor. Elle se replongea dans l'article de Fanny Tarrant.

« Ne serait-il pas propriétaire d'une Range Rover verte, immatriculée SAM 1 ? » insista Adrian.

Eleanor se leva d'un bond et le rejoignit à la fenêtre.

« Seigneur, c'est bien lui ! » s'écria-t-elle. Elle courut vers la porte, se figea et rebroussa chemin pour jeter le *Sentinel Review* dans les mains d'Adrian. « Vite, cache ça.

— Pourquoi ? » demanda Adrian.

Le carillon de la porte résonna.

« Il ne l'a peut-être pas encore vu.

— Je le mets où ?

— N'importe. »

Le carillon retentit de nouveau, et Eleanor se précipita dans l'entrée tout en retirant ses gants de coton qu'elle fourra dans les poches de sa robe de chambre. Adrian l'entendit déverrouiller la porte, puis ouvrir celle-ci et s'écrier, feignant la surprise :

« Sam ! Mais qu'est-ce que tu fais là de si bon matin ? Entre ! »

Adrian glissa le *Sentinel Review* derrière un coussin du canapé. Puis, à la réflexion, il poussa tous les autres journaux hors de vue sous le canapé, juste au moment où Eleanor réapparaissait en compagnie de Sam.

« Adrian, regarde qui vient nous voir, lança-t-elle.

— Salut, mon pote », dit Sam.

Plus sa réussite s'était affirmée, plus il avait retrouvé l'accent cockney de ses origines. Mais sa voix manquait de vraie chaleur et son sourire avait quelque chose de contraint, comme ceux qu'on échange entre amis aux enterrements. Il se tapotait le haut de la cuisse avec le journal roulé sur lui-même qu'il tenait à la main. Il était vêtu d'un jean impeccablement repassé et d'un polo en coton sous une veste en daim destructurée, les trois portant la griffe d'autant de stylistes renommés. Moins petit que ne le prétendait Fanny Tarrant, Sam était simplement d'une taille un peu au-dessous de la moyenne. Il avait le teint hâlé, des pattes d'oie au coin des yeux et des traits un peu simiesques, le nez camus et la lèvre supérieure bombée.

« Sam ! s'écria à son tour Adrian, imitant sans conviction le feint étonnement d'Eleanor. Qu'est-ce qui t'amène de si bonne heure un dimanche matin ? »

Il s'avança, la main tendue. Pour la serrer, Sam fut obligé de transférer le journal dans sa main gauche. C'était un exemplaire du *Sentinel Review*.

« Je prends l'avion pour Los Angeles en fin de matinée, à Gatwick. Comme vous vous trouviez pratiquement sur mon chemin, il m'est venu l'idée de passer vous saluer.

— Quelle bonne surprise ! dit Eleanor. Ça fait une éternité qu'on ne t'a pas vu. Tu as pris ton petit déjeuner ?

— Oui, pour autant que j'aie pu l'avaler.

— Tu veux du café ?

« — Merci, avec plaisir.

— Je vais en faire d'autre. » Eleanor prit la cafetière.

« Non, pas la peine. Celui-ci m'ira très bien. J'aime boire le café tiède. » Il montra son exemplaire du *Sentinel Review.* « Vous avez vu ça ?

— Quoi donc ? demanda Eleanor.

— Dans le *Sentinel* d'aujourd'hui. Vous avez lu ce que cette garce de Fanny Tarrant a pondu sur mon compte ? » Il s'assit sur le canapé, sentit le journal derrière le coussin et l'en extirpa. « Oui, je vois que vous l'avez lu.

— J'y ai seulement jeté un coup d'œil, dit Eleanor.

— Et toi ? demanda Sam à Adrian.

— Ellie m'en a lu des morceaux. »

Sam jeta un regard de reproche à Eleanor. Elle lui tendit une tasse de café.

« Rien que le début.

— Eh bien, la suite ne fait qu'empirer.

— Ça t'ennuie ? demanda Adrian.

— Mais non, j'ai seulement l'impression de m'être fait chier dessus du haut du ciel par un rapace bilieux. »

Adrian sourit.

« La formule est jolie. Tu viens de l'inventer ?

— Non, c'est une citation.

— Ah bon ? Tirée de quoi ?

– De mon avant-dernier feuilleton.

– Sam, dit Eleanor, qu'est-ce qui t'a pris d'accorder une interview à cette femme ? Tu as sûrement déjà lu des choses d'elle.

– Sans doute... Je ne me rappelle pas. Ils sont si nombreux à faire des chroniques et des interviews...

– Mais elle est célèbre.

– Non, moi je suis célèbre, riposta Sam en pointant l'index sur sa propre poitrine. Elle n'est pas là depuis assez longtemps pour être célèbre.

– Connue, en tout cas. Pour le ton insultant de ses articles.

– Ma foi, elle m'a téléphoné un jour pour se répandre en compliments sur *La Ligne du bas*. Elle avait vraiment l'air emballée.

– Et tu as mordu à ce vieil hameçon ?

– Je sais, je sais... Mais je n'imaginais pas qu'une femme capable de parler si intelligemment de mon œuvre allait écrire des choses tellement... » Sam secoua la tête, incrédule face à la perfidie de Fanny Tarrant. « Et en plus, je lui ai offert à déjeuner. J'avais tout préparé moi-même : un potage au cresson, du saumon froid avec de la mayonnaise, de la vraie, pas cette espèce de pommade en bocal. Et une bouteille de pouilly-fuissé à cent cinquante sacs la caisse.

– Mon pauvre Sam, compatit Eleanor.

— En effet, il y a là une certaine ingratitude, observa Adrian. Après la mayonnaise et tout le reste.

— Tu trouves ça drôle, sans doute ? demanda Sam.

— Mais non. » Sam le scruta d'un air soupçonneux. « Non », répéta Adrian avec un geste de vigoureuse dénégation. Mais ses lèvres avaient tendance à se retrousser.

« Je vais m'habiller, dit Eleanor. Tu peux rester encore un petit moment, Sam ?

— Environ une demi-heure.

— Tant mieux. J'en ai pour une minute. Ça fait des siècles qu'on ne t'a pas vu.

— J'ai été débordé ces temps-ci. La folie. Je n'ai vu personne.

— Sauf Fanny Tarrant, objecta Adrian tandis qu'Eleanor quittait la pièce.

— C'était professionnel, répondit Sam. Ce n'est pas parce que tu as déclaré forfait que tu as le droit de te sentir supérieur à ceux d'entre nous qui persistent à se bagarrer.

— À *se bagarrer*... ? Ton langage me paraît contaminé par toutes tes réunions chez les producteurs de Hollywood, Sam.

— J'en ai une particulièrement importante après-demain. Pourvu que le studio ne soit pas abonné au *"Pilori du dimanche"*.

— Quelqu'un se chargera de le leur envoyer, tu peux en être sûr.

— Merci de me remonter le moral.

— Nous vivons dans ce monde-là, mon vieux. Ou plutôt, toi, tu vis dans ce monde-là.

— Quel monde ?

— Un monde régi par les médias. La culture du commérage.

— La culture de la jalousie, tu veux dire, riposta Sam. Il y a dans ce pays des gens qui ne supportent pas la réussite des autres. Si tu travailles dur, et que tu te fasses un nom, que tu ramasses un peu de blé, ils feront tout ce qui est en leur pouvoir pour t'abattre.

— Mais c'est toi qui leur donnes ce pouvoir, en acceptant d'être interviewé par une Fanny Tarrant, objecta Adrian.

— Facile à dire, quand tu n'y es pas invité.

— J'y ai été invité. »

Sam lui jeta un regard étonné.

« Quoi, par Fanny Tarrant ? Quand ça ?

— Il y a quelques semaines.

— Et qu'est-ce que tu as répondu ?

— Non merci.

— Pourquoi diable voulait-elle t'interviewer ?

— Je ne suis pas un écrivain totalement oublié, tu sais, dit Adrian.

— Bien sûr, loin de moi l'idée… » Sam pataugea un instant.

« *La Cachette* est au programme du bac.

— Et c'est légitime, dit Sam, retrouvant son assurance. Mais la parution de *La Cachette* date d'une vingtaine d'années. En général, les journaux du dimanche font un peu plus dans l'actualité. Quelle était la connexion, pour Fanny Tarrant ?

— La connexion ?

— Oui, la connexion. Par exemple, expliqua Sam comme s'il s'adressait à un enfant, mon interview à moi est connectée à la diffusion imminente de *Ténèbres*.

— J'y suis.

— Mais je doute que Fanny Tarrant ait envisagé de raccorder ton interview à l'anthologie des *Écrits sur le cricket* en collection "Paragon" ? C'est ce que tu as fait en dernier, hein ?

— Non, *Testaments et dernières volontés*. Honnêtement, j'ignore pourquoi elle voulait m'interviewer. C'est venu comme ça. En fait, elle m'a appelé pour me poser des questions à ton sujet…

— J'espère que tu ne lui as rien révélé ?

— Tu penses bien.

— Parce que quelqu'un ne s'en est pas privé. Quelqu'un l'a informée que je… » Sam laissa sa phrase en suspens.

« Que tu portais une moumoute ? Ce n'est pas moi », protesta Adrian en croisant le regard accusateur de Sam.

Celui-ci parut le croire.

« Si je l'avais sous la main en ce moment, la salope, cracha-t-il, je lui tordrais le cou.

— Pourquoi te laisser aller à une telle fureur ? C'est exactement ce qu'elle cherche. Refuse-lui cette satisfaction. Contente-toi d'en rigoler.

— Tu ne dirais pas ça si tu avais lu le papier jusqu'au bout.

— Voyons voir. » Adrian lui prit des mains le journal, il trouva la page concernée et se mit à lire en silence. Au bout de quelques instants, il étouffa un rire. « Elle ne manque pas d'esprit, hein ?

— Ah bon, tu trouves ? dit Sam sèchement.

— Comment elle est ? demanda Adrian tout en poursuivant sa lecture.

— Baisable mais frigide. Jolies jambes. Les nichons, je ne les ai pas bien vus, elle n'a pas quitté sa veste. »

Adrian leva les yeux et soupira.

« Je parlais de son genre, d'un point de vue psychosociologique ?

— Ah… » Sam réfléchit un peu. « Genre fille de la grande banlieue, avec de l'agressivité. Elle est allée au lycée polyvalent de Basildon et elle a étudié la littérature anglaise à Cambridge. Elle se qualifie de postféministe.

— En effet », dit Adrian. Il se mit à lire à haute voix : « *Je n'ai jamais compris le sens de ce mot", m'a dit Samuel Sharp. Cela signifie, lui ai-je expliqué, que j'ai assimilé le féminisme sans en être obsédée. Il a pris un air polisson pour répliquer : "Ah, dans ce cas, moi aussi je suis postféministe." Je lui ai fait remarquer que sa façon de traiter les femmes dans ses scénarios me permettait d'en douter. Il s'est rebiffé : "Comment ça ?" Je lui ai dit que je m'étais passé les cassettes vidéo de tous ses téléfilms et feuilletons, et que tous sans exception comportent des scènes où les femmes sont nues et les hommes habillés. Le club de strip-tease dans* La Ligne du bas, *l'atelier d'artiste dans* Coup de pinceau, *la salle d'opération dans* Perfusion, *la séquence du voyeur dans* Meilleurs Vœux, *la scène du viol dans* Les Chutes, *le marché aux esclaves dans* Dr Livingstone, je présume… » Adrian jeta un coup d'œil à Sam, qui commençait à s'agiter. « Elle a bûché son sujet, hein ?

— Elle ne fait que s'emparer d'une toute petite composante de mon œuvre pour l'amplifier démesurément. Dans le contexte, chacune de ces séquences est justifiée. »

Adrian continua de lire à haute voix : « *Et dans son dernier film,* Ténèbres, *qu'il a lui-même réa-*

lisé – est-ce bien judicieux, de te charger de la mise en scène?

– Qui est mieux en mesure de comprendre mes intentions?»

Adrian le dévisagea trente secondes, comme si les mots lui faisaient défaut, puis il reprit: «*Et dans son dernier film,* Ténèbres, *qu'il a lui-même réalisé, on trouve une longue scène durant laquelle une jeune femme se promène toute nue dans son appartement, préparant le repas pour un homme vêtu de pied en cap.*

– Mais c'est parce qu'elle le croit aveugle! s'écria Sam.

– *"Mais c'est parce qu'elle le croit aveugle!" s'est écrié Samuel Sharp,* lut Adrian. *Comme si c'était une excuse. "Seulement, nous savons qu'il ne l'est pas, ai-je répondu. Ne serait-ce pas un moyen d'exciter le voyeurisme? Ne s'agirait-il pas du fantasme de collégien d'être invisible dans le vestiaire des filles?" Samuel Sharp s'était mis à couler des regards furtifs vers le grand miroir à une cadence assez alarmante.*

– Tu vois le topo, coupa Sam. C'est du démolissage en règle.»

Il tendit la main pour reprendre son journal, mais Adrian poursuivit sa lecture à haute voix. Il avait l'air de s'amuser.

«*"On raconte, ai-je dit, que vous avez fait tout*

un foin parce qu'on vous interdisait l'accès au tournage à huis clos de la scène de viol dans Les Chutes." Il m'a répondu que c'était la comédienne qui avait fait tout un foin, comme si personne ne l'avait jamais vue sans sa petite culotte. Et lui, ça lui ferait quel effet si on lui arrachait son caleçon devant un petit groupe de types silencieux, attentifs, manipulant leurs appareils? "Il arrive de temps en temps aux acteurs, a-t-il rétorqué, d'avoir à mettre à nu leur cul. Moi, je mets mon âme à nu chaque fois que je pose les doigts sur mon clavier." » Adrian s'interrompit et regarda Sam. « Tu as vraiment dit ça? Je mets mon âme à nu chaque fois que je pose les doigts sur mon clavier?

— Possible, concéda Sam sur la défensive. Mais le reste est un tissu de mensonges et de déformations. Je vais écrire une lettre au *Sentinel*.

— Écris-la tant que tu veux, mais ne l'envoie pas, dit Adrian en abandonnant le journal.

— Pourquoi?

— Tu te placerais en position de faiblesse.

— Il faut quand même bien faire quelque chose. »

Les deux hommes réfléchirent en silence.

« Tu pourrais coller Fanny Tarrant dans ton prochain feuilleton, à peine masquée sous les traits d'une nymphomane effrénée?» suggéra Adrian.

Sam secoua la tête.

«J'y ai pensé. Mais jamais les conseillers juridiques ne donneraient leur feu vert.

– Alors, il ne te reste qu'à serrer les dents et à faire bonne figure», conclut Adrian.

Sam le dévisagea.

«Le plus efficace, ce serait que la contre-attaque vienne de quelqu'un d'autre…

– Oh, non!

– Quoi?

– Tu veux que, moi, j'écrive une lettre au *Sentinel*?

– Non, j'ai une meilleure idée, dit Sam. Si tu acceptais de donner une interview à Fanny Tarrant…

– Ton idée me paraît désastreuse, répliqua Adrian.

– Attends. Tu te souviens de la façon dont nous avions piégé ce journaliste du canard régional en 68? Pendant la grande grève avec occupation de la fac?»

Adrian sourit. «Tu parles si je m'en souviens!» Il leva le poing et récita: «*Le Comité révolutionnaire étudiant exige la nomination des professeurs par des commissions démocratiquement* élues, représentant tous les départements de l'université.

— *Y compris les appariteurs, les dames chargées du thé et le personnel d'entretien*, compléta Sam. N'oublie pas cette précision.

— *Nous exigeons que les examens soient remplacés par l'auto-évaluation.*

— *Des lits à deux places pour les étudiants vivant en couple dans les résidences universitaires.*

— *L'usage de la marijuana autorisé durant les travaux dirigés.*

— Et ce brave type avait docilement noté toutes nos revendications, dont la liste intégrale avait paru à la une du *Post.* »

Ils rirent de concert en se remémorant cet exploit, jusqu'à ce que la lumière se fasse dans l'esprit d'Adrian.

« Tu ne veux quand même pas que je tente de piéger Fanny Tarrant ?

— Pourquoi pas ? dit Sam.

— Que je me fasse passer pour un pédophile drogué qui bat sa femme, tu veux dire ? Dans l'espoir qu'elle aura la bêtise de publier ça ?

— Bon, ce ne serait pas la peine de charger le trait à ce point. »

Adrian fit non de la tête.

« Cette fille ne fait pas les chiens écrasés dans

31

une feuille de province, Sam. Jamais elle ne marcherait.

– Non, tu as sans doute raison », convint Sam à contrecœur. Les sourcils froncés, il se concentra. « Attends voir ! s'exclama-t-il soudain. Attends voir ! Et si tu lui donnais une interview normale, mais que tu en profites pour torcher un portrait d'elle au vitriol, à publier dans un autre journal ?

– Pardon ?

– Tu te rappelles ces petites satires que tu écrivais pour notre magazine, ce bon vieux *Mag* ? "L'aumônier olé olé", "L'intendant malentendant". Tu pourrais faire quelque chose du même genre.

– "L'intervieweuse bilieuse" ?

– C'est ça. Pour peu qu'on devine tout de suite de qui il s'agit, nous n'aurons aucun mal à trouver preneur. Il y a des tas de gens qui seraient ravis de voir Fanny Tarrant remise à sa place. Je connais quelqu'un au *Chronicle* qui s'en pourlécherait les babines.

– Je n'en doute pas, Sam, mais… »

Sam se promenait en tous sens, grisé par la splendeur de son idée.

« Retourner la situation aux dépens de cette garce ! La cuisiner alors qu'elle croira te cuisiner, toi ! Fouiller dans son passé. Découvrir comment elle fonctionne. Pourquoi cette jalousie ?

Pourquoi cette méchanceté? Déballer tout ça. Lui administrer notre lavement à nous. Ce serait génial, non?

— Tu ne penses pas qu'elle aurait des soupçons si je lui téléphonais pour lui annoncer que j'ai changé d'avis? demanda Adrian.

— Pas du tout. Tu n'imagines pas l'arrogance de ces gens-là. Ils croient que le monde entier meurt d'envie d'être interviewé par eux.

— Je n'ai pas dû lui donner cette impression l'autre jour.

— Alors, répliqua Sam, il suffit de trouver quelqu'un pour l'appeler à ta place… Ton agent! Le parfait alibi : tu lui as parlé de la proposition de Fanny Tarrant et il t'a convaincu d'accepter.

— C'est vrai que Geoffrey ne serait pas mécontent de revoir mon nom dans la presse, mais…

— Tu vois bien! s'écria Sam. Tu pourrais pondre un texte formidable, Adrian. Y glisser tes réflexions sur la culture du commérage. Tu prendrais ton pied.

— Ton plan présente quand même un inconvénient.

— Lequel?

— Au passage, je me ferais assassiner par Fanny Tarrant. »

Sam fut temporairement réduit au silence.

« Pas forcément, déclara-t-il enfin.

— Non ?

— Non… Elle n'est pas toujours aussi vache.

— Je croyais que tu ne la lisais jamais.

— Une fois, j'ai lu un papier sympa qu'elle avait écrit au sujet de quelqu'un… C'était qui, déjà ? » Sam plissa le front en essayant de se souvenir.

« Mère Teresa ? suggéra Adrian ironiquement.

— Oh là là ! non, elle s'est montrée féroce envers Mère Teresa.

— Quoi, Mère Teresa lui a accordé une interview ?

— Non, c'était dans l'un de ses "Bloc-notes"… Fanny Tarrant ne peut pas admettre que quelqu'un soit à la fois d'une bonté authentique et d'une célébrité mondiale.

— Là, au moins, je ne risque rien, observa Adrian.

— Écoute, dit Sam avec conviction, ces gens-là ne peuvent pas être négatifs en permanence, tout le monde finirait par leur tourner le dos. De temps à autre, ils passent une interview chaleureuse pour remettre un peu de liant. Je parie qu'elle voit en toi son prochain héros positif.

— Tu espérais peut-être tenir ce rôle ? » demanda Adrian.

Il avait deviné juste, à en juger par l'expression de Sam.

« Allons, Adrian, reprit celui-ci d'un ton enjôleur, je suis ton vieux pote. Fais ça pour moi. Je t'en supplie ! » Sur quoi, il s'agenouilla en un geste théâtral.

Eleanor reparut, vêtue d'une robe flottante en cotonnade.

« À quoi vous jouez ? lança-t-elle en souriant.

— Sam veut passer un contrat sur la tête de Fanny Tarrant, avec moi dans le rôle du tueur », expliqua Adrian.

Sam se releva précipitamment.

« Enfin, puisque Adrian m'apprend qu'elle voudrait l'interviewer… » commença-t-il.

Eleanor ouvrit de grands yeux en se tournant vers son mari.

« Fanny Tarrant veut faire une interview de *toi* ?

— Elle en a parlé lorsqu'elle m'a appelé au sujet de Sam.

— L'idée serait… dit Sam.

— Mais pourquoi ? » Le regard d'Eleanor restait rivé sur Adrian.

« Je n'en sais rien. Elle cherchait simplement à m'entortiller, je suppose.

— L'idée, tu comprends, c'est que…

— L'idée de Sam… coupa Adrian.

– L'idée, c'est qu'il accepte l'interview pour écrire lui-même un portrait satirique de Fanny Tarrant – à son insu, bien entendu. » Eleanor scrutait toujours Adrian, tandis que Sam poursuivait son discours en se frottant les mains : « Plus j'y pense, plus ça me botte. J'y vois le lancement d'une nouvelle tendance. Les vers de terre se rebiffent. Les artistes contre-attaquent. Dieu sait qu'il est grand temps. Ça fait trop longtemps que ces jeunes trous-du-cul se la coulent douce. Pourquoi serions-nous éternellement obligés de serrer les dents et d'encaisser les coups sans riposter ? Et si on se mettait à cogner, pour changer ? Artistes du monde entier, unissez-vous ! On n'a rien à perdre à bousculer les règles du combat. » Il expédia un coup de poing dans le vide.

« Ne fais pas l'idiot, Sam », dit Eleanor, telle une mère s'adressant à un enfant surexcité. Son mari ramassa le *Sentinel Review* et se dirigea furtivement vers la porte. « Où tu vas ? demanda-t-elle.

– Aux toilettes, si tu permets. »

Sam montra le journal que tenait Adrian.

« Tu as besoin de ça ?

– Oui, pour avoir un peu de lecture.

– Tu n'as qu'à te torcher le cul avec ! lui cria Sam tandis qu'il s'éclipsait.

— Sam, pourquoi tu te mets dans cet état ? reprit Eleanor. Ce n'est qu'un petit article de rien du tout, par une petite journaliste de rien du tout.

— Mais tous les gens que je connais l'auront lu, dit Sam en marchant de long en large. En ce moment même, les ricanements s'élèvent, telle une fumée sacrificielle, d'un millier de tables du petit déjeuner dans tout Londres et bien au-delà. » Il saisit un vase de céramique. « Joli, ça. C'est toi qui l'as fait ?

— Oui.

— Très joli... Il est à vendre ?

— Pas pour toi, Sam. Si tu l'aimes, je te l'offre.

— Hors de question. Cent livres, ça te paraît honnête ?

— C'est beaucoup trop.

— Je t'en donne soixante-quinze. » Il sortit son chéquier.

« C'est très généreux. En fait, je commence à vendre un objet de temps en temps. J'en tire une certaine satisfaction.

— Tu as un vrai talent. » Sam s'assit devant la table pour rédiger son chèque. « Ellie, dis-moi, est-ce que je suis vraiment aussi puant que dans la description de cette garce ? »

Eleanor fit semblant de réfléchir avant de

répondre. Elle leva les yeux au plafond et se caressa le menton.

« Eh bien…

– Bon, d'accord, je suis un peu vaniteux. Mais ce n'est pas pour rien ! Trois Baftas, deux prix décernés par la Royal Television Society, un Emmy, une Nymphe d'argent…

– Une Nymphe d'argent ?

– Oui, c'est le trophée qu'on reçoit au festival de Monte-Carlo. Et au Luxembourg, c'est un Étron d'or – du moins, ça y ressemble. Tiens. » Il tendit son chèque à Eleanor.

« Merci, Sam.

– Et maintenant que j'écris de vrais longs-métrages, j'obtiendrai peut-être un Oscar !

– Quel est le sujet de ton film ? demanda Eleanor.

– Florence Nightingale.

– Que sais-tu de Florence Nightingale ?

– J'en sais plus long que les producteurs, c'est le principal, répondit Sam. En réalité, il existe déjà un scénario. Ils veulent que je le récrive.

– Tu comptes y insérer une scène de Florence Nightingale toute nue ?

– Moque-toi tant que tu veux, Ellie. Seulement on va me payer trois cent mille dollars pour un mois de boulot. Et je disposerai d'une maison avec piscine à Beverly Hills.

– Grand Dieu !

– Mais à quoi me sert ma réussite, puisque je n'ai personne avec qui la partager ? s'écria Sam d'un ton consciemment emphatique. Je vis tout seul dans ma ferme XVIIe luxueusement meublée, errant de pièce en pièce en foulant la moquette en haute laine au son du tic-tac des pendules, dans l'espoir que le téléphone va sonner.

– Tu disais tout à l'heure que tu étais trop occupé pour venir nous voir, objecta Eleanor.

– Je suis à la fois débordé et solitaire. C'est la plaie de notre époque, comme chacun sait. Et par ailleurs… » Sam laissa sa phrase en suspens.

« Quoi ?

– Bon, c'est difficile à dire, Ellie, mais pour être franc, ça m'embarrasse de me retrouver face à Adrian. Tu te rappelles comment c'était, dans le temps ? Il écrivait ses romans, j'écrivais mes pièces et mes scénarios. On échangeait nos petites histoires de boulot. Maintenant, quand je débarque ici, je me répands sur mes projets, et lui il a que dalle à raconter. Autant jouer au tennis contre un adversaire manchot, conclut Sam.

– Ça ne gêne pas Adrian.

– Moi, ça me gêne. Ça me donne l'air… de la ramener.

– Quelle idée, Sam ! dit sèchement Eleanor.

– En ce moment, il végète. Vous végétez, tous les deux.

– Pas du tout. Je m'occupe de mes poteries. Adrian s'occupe de ses anthologies.

– Vous n'allez jamais nulle part.

– Mais si ! On fait des balades à pied dans les collines. Ou bien on va en voiture au bord de la mer.

– Je ne parlais pas de balades à pied ou en voiture », rétorqua Sam.

Eleanor entreprit de récupérer les journaux sous le canapé et de les ranger en pile.

« Si tu parles de générales, de cocktails, de soupers au Groucho's et de ce genre de choses…

– Oui, précisément.

– Ça ne nous intéresse plus. On a décroché.

– Dis plutôt qu'Adrian a décroché. Pas toi. Sinon, pourquoi prendrais-tu tous ces journaux du dimanche ? »

Eleanor grimaça un sourire.

« *Touché**.

– Si tu étais mariée avec moi, tu ne ferais pas que les lire, tu serais dedans.

– Ce matin, la perspective n'a rien de tellement tentant.

---

* Les mots ou expressions en italique suivis d'un astérisque sont en français dans le texte original.

« — D'accord, dit Sam. *Touché*.* » À ce rappel de l'article de Fanny Tarrant, il se rembrunit. « La garce ! » s'exclama-t-il. Il marqua une pause. « Pourquoi est-ce qu'Adrian a cessé d'écrire ?

— Il a seulement cessé d'écrire des romans. Pris sa retraite dans ce domaine.

— Les écrivains ne prennent pas leur retraite. Ils n'abandonnent pas de leur propre chef.

— Adrian continue d'écrire, riposta Eleanor.

— Ces anthologies, tu veux dire ? C'est du collage, pas de l'écriture.

— Elles comportent une introduction.

— Certes, une introduction, ironisa Sam. Au nom du ciel, Ellie ! Adrian Ludlow fut jadis l'espoir du roman anglais !

— Oui, eh bien, depuis lors, il a coulé de l'eau sous les ponts, dit Eleanor comme si elle refermait avec vigueur un tiroir ouvert par mégarde. Sam, je n'aime pas parler ainsi d'Adrian avec toi, dans son dos. »

Sam se glissa derrière elle et la prit par la taille.

« Si nous étions amants, ça paraîtrait plus naturel », lança-t-il.

Eleanor esquiva prestement son étreinte.

« Tu cherches à prendre ta revanche sur Laura ?

— Laura appartient au passé. C'était une erreur dès le début.

« – J'ai toujours pensé que tu étais trop vieux pour elle… » observa Eleanor.

Sam l'interrompit.

« Non, c'est elle qui était trop jeune pour moi. Mais tu as raison. Il me faut une femme mûre.

– Tu n'aurais pas dû te séparer de Georgina.

– Elle n'aurait pas dû se séparer de moi, tu veux dire. » Sam fronça les sourcils au souvenir de sa première épouse. « Je me demande si c'est Georgina qui a parlé à cette salope de ma… » Il se tut brusquement.

« De ta moumoute ? » compléta Eleanor. Sam eut l'air peiné. « Pardon, Sam. Je ne devrais pas te taquiner. Pas ce matin. »

Pour le consoler, elle lui posa un baiser sur la joue. Il l'enlaça et l'embrassa sur la bouche. Elle se laissa à moitié faire, mais, au bout d'un instant, elle le repoussa.

« Non, Sam.

– Pourquoi ?

– Tu te sers de moi pour mettre du baume sur ton ego meurtri.

– Ce n'est pas vrai.

– Si, c'est vrai. Faute d'une autre femme sous la main à cette heure de la matinée un dimanche.

– Ellie, pas un jour ne s'écoule sans que je regrette que tu ne m'aies pas épousé de préférence à Adrian, déclara Sam.

– Menteur !

– Je te le jure !

– Adrian m'a demandée en mariage, pas toi.

– Mais il a triché. À l'époque, nous étions contre le mariage, rappelle-toi.

– Non, je préfère éviter.

– Nous voulions fonder une communauté. » Eleanor éclata d'un rire bref et sarcastique.

« Elle était bien partie, la communauté, avec deux écrivains !

– Mais Adrian a compris que, secrètement, tu aspirais aux vieilles certitudes bourgeoises. Je parie qu'il a même mis un genou à terre, non ?

– Sam, je ne veux pas remuer les souvenirs de cette époque », s'écria Eleanor d'un ton véhément. Elle semblait presque fâchée.

« D'accord, d'accord, dit Sam en levant les mains pour l'apaiser.

– … Et tu devrais savoir pourquoi. »

Au même instant, Adrian revint dans la salle de séjour en survêtement et baskets, une serviette-éponge autour du cou et le *Sentinel Review* à la main.

« Pourquoi quoi ? demanda-t-il.

– Rien », dit Eleanor. Elle se mit à débarrasser la table du petit déjeuner en empilant les tasses sur un plateau.

Le regard de Sam balaya Adrian de la tête aux pieds.

« Pourquoi tu mets un survêtement ?

– Le dimanche matin, j'ai l'habitude d'aller courir un peu et après je vais au sauna.

– Ne me dis pas que tu continues de te cuire au bain-marie dans cette cabane de jardin fétide.

– L'installation s'est beaucoup améliorée depuis la dernière fois que tu l'as vue, répliqua Adrian. Je regrette que tu n'aies pas le temps de te joindre à moi.

– Pas question. Les saunas me donnent des boutons, dit Sam.

– Dommage. Ça te ferait du bien. Tu éliminerais les toxines de Fanny Tarrant.

– Pour Adrian, le sauna constitue la panacée, commenta Eleanor. Tu ne veux pas que je refasse du café, tu es sûr, Sam ?

– Je boirais un jus de fruits avec plaisir, si tu en as.

– Pas de problème. » Eleanor emporta le plateau à la cuisine.

Adrian posa sur la table le *Sentinel Review*.

« J'ai fini de lire l'article de Fanny Tarrant, annonça-t-il.

– Ce n'est pas moi qui vais te reprocher de te méfier d'elle, dit Sam. Mais si ton papier sortait en même temps que le sien, ça lui couperait l'herbe sous le pied.

— Fanny Tarrant ne me fait pas peur.

— Ou mieux encore, *avant* le sien, poursuivit Sam sans enregistrer la remarque d'Adrian, absorbé qu'il était par son plan de bataille. Il se pourrait que le *Sentinel* renonce à passer son interview de toi. Et de toute façon…

— Sam…

— De toute façon, ça fera grimper les ventes de tes ouvrages.

— Ils ne se vendent pas mal du tout, en fait, observa Adrian. *La Cachette* est…

— Au programme du bac. Oui, tu me l'as déjà dit. Mais ce n'est pas avec ça que tu vas t'enrichir, Adrian. Ni avec ta prochaine anthologie des Conneries merdiques en collection "Paragon". Ce qu'il te faut, c'est un feuilleton télé, et les rééditions en poche qui l'accompagneront. Tu sais ce que je vais faire ? Je vais proposer à la BBC une adaptation de *La Cachette*.

— Le projet a été rejeté, voilà des années, objecta Adrian.

— Oui, mais cette fois c'est moi qui me chargerai de la scénarisation.

— Tu aurais pu le faire plus tôt. »

Sam parut légèrement mal à l'aise.

« Ce n'est pas faux, seulement, enfin, tu sais

bien ce qu'il en est... J'ai été tellement débordé...

— Sam, tu n'as pas besoin de chercher à me soudoyer.

— Mais pas du tout ! protesta Sam. Écoute, je vais mettre la BBC sur le coup de *La Cachette* dès mon retour des États-Unis. Je te promets de m'en occuper, que tu décides ou non de te payer la tête de Fanny Tarrant. Tout ce que je te demande, c'est d'y réfléchir. » Il consulta sa montre. « Bon sang, il faut que je file... Tu y réfléchis, O.K. ?

— C'est tout réfléchi, répondit Adrian. Je vais le faire. »

Sam sursauta.

« Pardon ?

— J'essaie de te le dire depuis tout à l'heure. J'ai pris ma décision pendant que j'étais aux toilettes. Je vais le faire. »

Eleanor, chargée d'un plateau avec un pichet de jus d'orange et des verres, franchit la porte de la cuisine juste à temps pour entendre cette dernière phrase, et elle se figea sur place.

« Ah bon ! dit Sam, pris à contre-pied par la détermination d'Adrian. Eh bien, c'est formidable », ajouta-t-il.

Il jeta un coup d'œil nerveux à Eleanor, laquelle regardait fixement Adrian.

« Faire quoi ? » demanda-t-elle. Adrian lui adressa un sourire suave mais ne répondit pas.

« Il faut que je fonce, Ellie, reprit Sam. Excuse-moi pour le jus de fruit. » Il se retourna vers Adrian. « Je téléphonerai à Peter Reeves au *Chronicle* pour lui dire de te contacter.

— Parfait.

— Tiens-moi au courant des événements. Tu es sur e-mail ?

— Non, dit Adrian. Mais nous avons un fax. Même numéro que le téléphone.

— Je te faxerai la liste de mes points de chute dès que je serai à Los Angeles. Pas la peine de me raccompagner. *Ciao.* »

Sam déguerpit en prenant congé de tous les deux d'un signe de la main. Eleanor n'avait pas quitté des yeux Adrian.

« Faire quoi ? » répéta-t-elle.

Alors qu'Adrian ouvrait la bouche pour répondre, Sam reparut sur le pas de la porte.

« Ce qu'il faut, lança-t-il à Adrian, c'est déceler son point faible, son talon d'Achille, son secret inavouable.

— Elle n'en a peut-être pas, dit Adrian.

— Tout le monde en a un », déclara Sam.

L'effet de cette assertion sembla dépasser son attente. Il rompit lui-même le lourd silence qui s'était abattu. « Bon, eh bien… au revoir ! Ellie, je passerai chercher mon vase quand je serai de retour.

— Attends une minute, Sam, dit Eleanor.

— Désolé, plus le temps!»

Sur quoi il s'enfuit. Ils entendirent la porte de la maison claquer derrière lui.

Eleanor explosa.

«Adrian, tu ne veux pas dire que tu acceptes de t'embarquer dans ce coup monté aberrant? Tu ne vas pas te laisser interviewer par Fanny Tarrant?

— Si elle en a vraiment envie.

— Tu perds la tête?

— Non, je ne crois pas.

— Tu as vu le sort qu'elle a réservé à Sam. Si elle t'en fait autant, qu'est-ce que tu éprouveras?

— Rien.

— Ah, vraiment? D'où te vient ton assurance?

— Je ne suis plus dans la compétition. Je suis sorti du jeu.

— Quel jeu?

— Le jeu de la célébrité, répondit Adrian. Je n'ai rien à perdre. À la différence de Sam, je me fiche de ce que Fanny Tarrant peut écrire à mon propos.

— C'est ce que tu crois… Quoi qu'il en soit,

pourquoi prendrais-tu en charge les conflits de Sam?

— Il promet de faire une adaptation de *La Cachette* pour la BBC.

— Ça ne débouchera sur rien, riposta Eleanor.

— Non, je sais, dit Adrian.

— Alors, pourquoi t'embarquer là-dedans?

— Je toucherai un peu d'argent, si ça aboutit... Le *Chronicle* paie très bien, je crois. Tu pourrais t'offrir ce nouveau four à céramique. »

Eleanor balaya cette explication d'un revers de main.

« *Pourquoi*, Adrian? »

Il hésita un instant avant de répondre.

« Voilà, tu sais que je suis un peu à la pêche d'un thème pour ma prochaine anthologie?

— Non, je l'ignorais.

— Eh bien, je te l'apprends. Tout à l'heure, aux toilettes, il m'est venu une idée : l'anthologie des interviews. De l'Antiquité à nos jours. En commençant par Socrate et Éon d'Éphèse, pour finir par Fanny Tarrant et l'auteur. »

Eleanor ne parut guère convaincue.

« Tu inclurais son interview de toi?

— Ce serait un ressort assez nouveau, tu ne trouves pas?

— Et si c'est aussi dévastateur que ce qu'elle a écrit sur Sam? »

– Ça rendrait le texte d'autant plus représentatif. Et on me saurait gré de me montrer beau joueur.

– Et si elle te refusait l'autorisation?

– Dans ce cas, je pourrais me rabattre sur le papier que moi, j'aurai écrit à son sujet à elle, rétorqua Adrian. De toute façon, je tirerais d'une interview avec Fanny Tarrant une expérience qui me serait très utile pour rédiger mon introduction.

– Je n'en crois pas mes oreilles, s'exclama Eleanor. Après tout ce qu'on a enduré!» Elle parcourut des yeux la pièce, comme si elle cherchait en vain quelqu'un à appeler à la rescousse. «Et ton fameux "papier" à son sujet... comment sais-tu que tu pourras t'en sortir? Tu n'as jamais rien fait de ce genre.

– Mais si. Ces satires que je publiais dans le *Mag*...

– Adrian! C'étaient des pochades d'étudiant!

– N'empêche que ce n'était pas si mal.»

Eleanor le dévisagea.

«Je sais ce qui est en train de se passer, dit-elle.

– Ah, je sens que nous voilà partis pour une petite séance de psychanalyse. Attends que j'adopte la position adéquate.» Adrian s'allongea sur la méridienne.

Eleanor ne se laissa pas décourager par le sarcasme.

« Tu tentes de retourner au bon vieux temps où Sam n'était pas seulement ton plus vieil ami, mais ton meilleur ami. Où le monde entier s'ouvrait à vous.

— Continue, dit Adrian, les yeux au plafond.

— L'époque où toi et lui, vous avanciez au coude à coude. Avec, peut-être bien, un petit avantage pour toi. C'est ce que pensaient la plupart des gens. Mais maintenant que Sam a tant de succès, et que toi, tu es… » Eleanor chercha le mot approprié.

« Un raté ? suggéra Adrian.

— J'allais dire en semi-retraite. Appelle ça comme tu veux, mais votre amitié en a souffert. Tu t'imagines qu'en rendant ce service à Sam tu rétabliras vos bonnes relations.

— Théorie ingénieuse, dit Adrian en se mettant debout. Je dois reconnaître que ce projet me procure par anticipation un chatouillis d'amusement que je n'ai pas éprouvé depuis belle lurette. Je ne me suis jamais beaucoup amusé en écrivant des romans.

— Je suis bien placée pour le savoir », dit Eleanor.

Adrian jeta un coup d'œil à sa montre.

« Si je ne vais pas courir tout de suite, je

n'aurai pas le temps de faire un sauna avant le déjeuner.

— Tu t'en mordras les doigts.

— Mais non. Je te le promets. »

Il l'embrassa sur la joue et sortit. Pendant quelques instants, Eleanor regarda dans le vide, l'air perturbée. Puis elle s'assit à table, déploya le *Sentinel Review* et reprit sa lecture de l'article de Fanny Tarrant à l'endroit où elle avait été interrompue par l'irruption de Sam Sharp.

2

Huit jours après, tard dans la matinée du lundi, Adrian attendait l'arrivée de Fanny Tarrant. Il était seul à la maison. Le photographe du *Sentinel* était déjà venu et reparti après avoir pris de nombreuses photos et chamboulé le mobilier, laissant le soin à Adrian de le remettre en place. Au cours de la semaine, tout s'était passé comme prévu. Adrian avait dit à Geoffrey, son agent, que Fanny Tarrant souhaitait l'interviewer, Geoffrey avait joint Fanny et tout arrangé. Contacté par Sam, Peter Reeves, rédacteur en chef du *Sunday Chronicle*, avait appelé Adrian et manifesté le plus vif intérêt pour un portrait satirique de « L'intervieweuse bilieuse ». Sam avait envoyé un fax pour communiquer son adresse et ses points de chute à Los Angeles, et pour demander où en était Adrian, mais celui-ci n'avait pas répondu. Il expliqua à Eleanor qu'il attendait de voir comment se passerait l'interview avec Fanny Tarrant avant de s'engager à exécuter jusqu'au bout le plan de bataille conçu par Sam. Eleanor répliqua qu'elle ne voulait rien savoir de cette histoire. Elle prit ses dispositions pour passer la journée de lundi chez sa nièce Rosemary à East Grinstead et elle partit en voiture juste avant l'heure du rendez-vous, muette et réprobatrice. À peine le bruit du pot d'échappement corrodé de la Peugeot s'était-il éloigné qu'Adrian entendit gronder le Diesel du taxi qui amenait Fanny. Il éjecta le CD de Haendel que jouait doucement la chaîne hi-fi et enclencha l'enregistrement de cassette, lequel passait par un petit micro fixé à la bibliothèque. Le carillon de la porte retentit à l'instant où il terminait ses préparatifs.

Sur le pas de la porte se tenait une jolie jeune femme d'une trentaine d'années, blonde aux cheveux courts, une coupe de grand coiffeur. Elle était vêtue d'un tailleur élégant à jupe courte et elle tenait à la main une mince mallette en cuir noir.

« Miss Tarrant ? dit Adrian.

— En personne. » Elle eut un petit sourire en coin comme si quelque chose l'amusait, peut-être l'accueil cérémonieux.

« Entrez donc. »

Il l'introduisit dans la salle de séjour.

«Est-ce votre femme dont la voiture a croisé mon taxi au coin du chemin?» demanda-t-elle. Son accent trahissait sa bonne éducation.

«Oui. Elle est allée voir sa nièce à East Grinstead.

— Dommage. J'espérais faire sa connaissance.

— C'est justement ce qu'elle voulait éviter, répliqua Adrian.

— Ah! Et pourquoi donc? s'étonna Fanny.

— Elle lit vos articles. Asseyez-vous, je vous en prie.» Fanny choisit la méridienne. Adrian s'installa dans le fauteuil en face d'elle. «Elle se souvient en particulier de celui qui concernait cet historien d'art, Sir quelque chose, un nom à rallonge.

— Sir Robert Digby-Sisson?

— C'est ça. Vous aviez fait une allusion désobligeante aux ongles de Lady Digby-Sisson.

— Votre femme se ronge les ongles? demanda Fanny d'un ton neutre.

— Non. Mais elle ne voulait pas s'exposer à ce genre de remarque dans votre article.

— Si je comprends bien, elle n'est pas enchantée que vous m'accordiez cette interview?

— Non», dit Adrian.

Fanny ouvrit sa mallette, et elle en sortit un carnet et un petit magnétophone à cassettes.

« Ça ne vous ennuie pas si je vous enregistre ? demanda-t-elle.

– Pas le moins du monde. Du moment que ça ne vous ennuie pas que j'en fasse autant.

– Aucun problème », dit Fanny. Elle vérifia la position de la cassette, mit l'appareil en marche et le plaça sur une table basse entre eux deux. « Vous ne prenez pas le vôtre ?

– Il tourne déjà. » Adrian fit un geste en direction de la chaîne hi-fi.

« Ah, je vois. C'est un peu loin, non ?

– Le micro est très sensible. C'est un magnétophone à déclenchement vocal. J'espère que le vôtre est d'aussi bonne qualité.

– À la pointe de la technologie, déclara Fanny. Pourquoi voulez-vous enregistrer l'interview ?

– En cas de contestation concernant mes propos.

– D'accord. » Fanny ouvrit son carnet et tira de sa mallette un stylo à bille. Elle regarda autour d'elle. « C'est charmant, chez vous. Il y a longtemps que vous habitez là ?

– Avant, nous y passions nos week-ends, dit Adrian, mais c'était plus petit, à l'époque. Lorsque nous avons décidé de quitter Londres, nous avons acheté la maison attenante et abattu le mur mitoyen. »

Fanny prit quelques notes, manifestement sur le mobilier et la décoration de la pièce.

« Vous collectionnez les céramiques ? demanda-t-elle. J'ai l'impression qu'il y en a beaucoup.

— Ce sont les œuvres de ma femme. Elle s'est mise à la poterie quand nous nous sommes installés ici.

— Vous êtes mariés depuis longtemps, je crois ? enchaîna-t-elle tout en écrivant.

— Oui, si l'on veut, au regard des critères actuels, répondit Adrian.

— Et vous avez deux fils ?

— Ils sont adultes, ils ont déserté le nid. Et vous, vous êtes mariée ?

— Non, dit Fanny.

— Mais vous devez avoir un… quel est le terme en usage au jour d'aujourd'hui ?

— Compagnon.

— Ah, oui. Quel est son nom ? demanda Adrian.

— Creighton.

— Ça s'écrit comment ?

— C-r-e-i-g-h-t-o-n. » Fanny leva les yeux de son carnet. « Pourquoi posez-vous la question ?

— Que fait Mr Creighton ?

— Creighton, c'est son prénom.

— Vraiment ? Son nom de baptême ?

— Je doute qu'il ait été baptisé.

– Ah ! Un athée, alors ?

– Vous savez, c'est assez courant, répliqua Fanny. Vous vous définiriez comme chrétien ?

– Eh bien, je fréquente l'église paroissiale à Noël, à Pâques, pour la fête de la moisson et en ce genre de grandes circonstances. Je cotise pour la réfection de la toiture. Je crois à l'Église anglicane en tant qu'institution. La doctrine, j'ai des doutes. Je soupçonne le pasteur d'en avoir aussi, en réalité… Et vous ? interrogea-t-il.

– J'ai reçu une éducation catholique. Mais ça fait des années que je ne vais plus à la messe.

– Comment avez-vous perdu la foi ? »
Fanny soupira.

« Écoutez, cette interview va nous prendre très longtemps si *vous*, vous me posez sans cesse des questions. »

Adrian sourit aimablement.

« J'ai la journée devant moi.

– Très bien. Moi de même. Seulement, vous n'oubliez pas Mrs Ludlow ?

– Elle ne rentre pas avant ce soir.

– Je vois, dit Fanny. Au fait, tout s'est bien passé avec Freddy ? » Adrian parut interloqué. « Le photographe.

– Ah ! Oui, je crois… Mais c'est une drôle d'affaire, non, la photo ?

– Qu'est-ce que ça a de drôle ?

— Ces types débarquent chez vous, ils se mettent à déplacer tous les objets... » Remarquant au mur un tableau pendu de travers, Adrian se leva pour aller le redresser. « Ils installent leurs projecteurs, leurs trépieds, leurs parapluies et leurs cerceaux de cirque dans toute la pièce... »

Fanny l'interrompit, les sourcils froncés.

« Leurs cerceaux de cirque ?

— Oui, ces machins pliants pour réfracter la lumière... Ensuite, ils vous obligent à vous tordre dans tous les sens, à prendre les poses les plus artificielles, ils vous bassinent de leur baratin comme un coiffeur et ils vous prient d'avoir l'air moins sérieux...

— Freddy vous a prié d'avoir l'air moins sérieux ?

— Non, mais en général, c'est la règle. Du moins, c'était la règle au temps où on me photographiait pour les jaquettes de mes livres. » Adrian regagna son fauteuil.

« Freddy ne se mêle pas de modifier l'expression spontanée des gens qu'il photographie, déclara Fanny. C'est ce qui fait de lui un as du portrait.

— Il consomme quand même beaucoup de pellicule, non ?

— Je pense que le journal en a les moyens, dit sèchement Fanny.

– Sans doute. Mais pourquoi multiplier ainsi les photos du même visage ?

– Pour trouver celle qui est la plus parlante. Les gens changent d'expression sans arrêt, mais de façon si imperceptible et si rapide qu'on découvre seulement sur la planche-contact ce qu'on a capté. » Elle donnait ces explications sans hésiter, comme si elle y avait déjà réfléchi. « C'est pour ça que les photos sont plus révélatrices que la réalité.

– Et les interviews ? demanda Adrian. Sont-elles plus révélatrices que la réalité ?

– Les interviews, c'est la réalité. Les miennes, en tout cas.

– Allons donc !

– Je n'invente rien. C'est pourquoi j'emploie le magnétophone.

– Mais vous n'allez pas transcrire l'intégralité de mes propos ? objecta Adrian. Vous élimine-rez les passages les moins intéressants.

– Évidemment, acquiesça Fanny. Sinon, ce serait bien trop long et très ennuyeux à lire.

– Pourtant, on falsifie une conversation dès qu'on en supprime une partie. Les moments arides, les hésitations, les répétitions, les silences.

– Il n'y a pas eu de votre part le moindre silence jusqu'à présent.

– Il y en aura », dit Adrian.

Il croisa le regard de Fanny et le soutint sans broncher. Ils restèrent muets pendant une minute.

« Bon, concéda Fanny. Je vous l'accorde, une interview ne transcrit pas exactement la réalité. C'est une sélection. Une interprétation.

— C'est un jeu.

— Un jeu ?

— Un jeu qui se joue à deux, poursuivit Adrian. Le tout est de savoir quelles en sont les règles, et qui est le gagnant. Ou le perdant, selon le cas. » Il adressa à Fanny un sourire cordial. « Un peu de café ? Il y en a du tout prêt à la cuisine.

— Volontiers, dit Fanny.

— Vous le prenez avec du lait ?

— Non, merci. Pas de sucre non plus.

— Vous avez bien raison », lança Adrian en se rendant à la cuisine. Lorsqu'il revint avec deux tasses sur un plateau, Fanny n'avait pas bougé.

« En fait, dit-elle comme s'il n'y avait eu aucune interruption, à mes yeux, ce n'est pas un jeu. C'est une transaction. Un marché. L'interviewer obtient son article. L'interviewé obtient de la publicité.

— Mais je ne recherche pas la publicité, riposta Adrian.

— Alors, pourquoi avoir accepté l'interview ?

– Pourquoi vouliez-vous la faire ?

– J'ai posé ma question la première, dit Fanny.

– D'accord. Par curiosité.

– Curiosité de quoi ?

– Des raisons qui vous poussaient à m'interviewer. » D'un sourire en coin, Fanny salua l'esquive. « D'habitude, vous vous intéressez aux célébrités, enchaîna Adrian. Il y a des années que je ne suis plus une célébrité, si toutefois je l'ai jamais été. Par conséquent, pourquoi moi ?

– Moi aussi, je suis curieuse. Curieuse de savoir pourquoi vous n'êtes plus une célébrité. Pourquoi vous avez cessé d'écrire, pourquoi vous vous êtes retiré du monde littéraire.

– Je continue de publier des livres.

– Oui, je sais. Dans la collection "Paragon", des anthologies. N'importe qui pourrait les faire.

– Non, pas tout à fait n'importe qui, protesta Adrian, légèrement vexé. Il faut être un bon lecteur. Il faut savoir où mener ses recherches.

– Voyez-vous, votre œuvre romanesque a beaucoup compté pour moi, déclara Fanny.

– Vraiment ?

– J'avais quinze ans quand j'ai lu *La Cachette*. C'était la première fois qu'un roman contemporain me faisait cet effet. J'estime encore qu'il constitue la meilleure approche de l'adolescence dans la littérature britannique de l'après-guerre.

— Eh bien, merci. Merci infiniment. » Adrian ne put dissimuler le plaisir que lui procurait ce compliment. « Il est au programme du bac, vous savez.

— Mon Dieu, comme c'est déprimant! s'exclama Fanny.

— Ah, et en quoi?

— Pour moi, l'intérêt même de *La Cachette*, c'était de ne pas faire partie des textes au programme, de ne pas être un de ces bouquins qu'on potasse à l'étude, un sujet d'examen. Il s'agissait de quelque chose de personnel, de secret, de subversif.

— Je comprends ce que vous voulez dire, observa Adrian en souriant.

— Vous ne pourriez pas empêcher qu'on l'étudie?

— Non, je ne pense pas. Et puis, les droits d'auteur font bouillir la marmite.

— Nous formions un petit groupe, en classe, un peu comme une société secrète. Nous lisions *La Cachette* à haute voix et nous en discutions – pas du point de vue de la critique littéraire, mais des personnages qu'on préférait – Maggie ou Steve ou Alex – et de ce qui leur arriverait dans la vie après la fin du livre. C'était un vrai culte. *La Cachette* était notre Bible. »

Adrian semblait ébahi.

« Sans blague ! Ça a duré combien de temps ?

— Tout un trimestre. Le trimestre d'été.

— Et ensuite, pendant les vacances, vous avez lu un autre livre sur lequel vous avez édifié un nouveau culte ?

— Non, aucun autre livre n'a pris la place de *La Cachette*, répondit Fanny. J'ai apporté mon vieil exemplaire pour vous le faire signer, en fait, si vous voulez bien.

— Volontiers. »

Fanny tira de sa mallette l'ancienne édition de poche, avec une couverture tachée et des pages jaunies, et tendit le volume à Adrian. Sur la page de garde, il écrivit : *À Fanny Tarrant, avec tous mes vœux, Adrian Ludlow.*

« Ainsi, vous étiez pensionnaire ? demanda-t-il tout en écrivant.

— Comment avez-vous deviné ?

— Vous avez parlé des bouquins qu'on potasse à l'étude. » Il rendit le livre à Fanny, qui lut sa dédicace.

« Merci, dit-elle en le rangeant dans la mallette.

— Je croyais que vous aviez fait vos études dans un lycée polyvalent de Basildon.

— Qui vous a raconté ça ?

— Sam Sharp.

— Je me demandais à quel moment son nom allait surgir, observa Fanny. Un des problèmes de Mr Sharp, c'est qu'il est incapable d'écouter. Ce que je lui ai dit, en réalité, c'est que je regrettais de ne pas être allée dans un lycée polyvalent de Basildon.

— Pourquoi donc ? s'enquit Adrian.

— Ça m'aurait mieux préparée au journalisme qu'un pensionnat religieux du Hampshire. Si nous revenions à vous ? Pourquoi avoir cessé d'écrire des romans ?

— J'ai décidé que mon *œuvre** était terminé. Que je n'avais plus rien à dire.

— Comme ça, du jour au lendemain ?

— Du jour au lendemain.

— Ça ne vous a pas tourmenté ?

— Un peu, au début. Puis je me suis mis à savourer ce nouvel état de choses.

— De quelle façon ?

— C'est comme quand on manque d'essence et que la voiture tombe en panne sèche, expliqua Adrian. Sur le moment, c'est embêtant, mais on ne tarde pas à apprécier le silence et la tranquillité. On perçoit des sons qu'on n'avait jamais entendus auparavant, à cause du bruit du moteur. On voit des choses qui jusque-là passaient en un éclair.

— Il vous est arrivé de réellement tomber en panne sèche? demanda Fanny.

— Non, je l'avoue.

— Je m'en doutais bien.

— C'était une image.

— Ça ne vous affecte pas de voir vos contemporains continuer d'écrire et de publier?

— Au contraire, s'écria Adrian. Il y a beaucoup trop d'écrivains qui n'ont plus rien à dire mais qui persistent à le ressasser indéfiniment, de livre en livre, d'année en année.

— À quels écrivains songez-vous?

— Aux mêmes que vous. »

Fanny avait l'air amusée, mais sceptique.

« Je ne peux pas croire que vous ayez renoncé si facilement. »

Adrian respira profondément.

« Vous voulez dire, comment ai-je pu renoncer à toutes ces longues heures de solitude, passées à contempler la page blanche ou à regarder par la fenêtre en mordillant le bout du stylo à bille, à s'efforcer de créer quelque chose à partir de rien et de faire exister des personnages inventés, à les doter d'un nom, d'une famille, d'une éducation, de vêtements, de possessions diverses... à leur attribuer au choix des yeux bleus ou marron, des cheveux raides ou frisés ou une calvitie – bon Dieu, quelle corvée ! Ensuite, à fournir l'effort surhumain de faire passer tout ça dans les mots – des mots qui aient de la fraîcheur, qui ne donnent pas l'impression que vous en avez acquis tout un lot d'occasion… Enfin, parvenir à faire vivre les personnages, à ce qu'ils aient des comportements et une interaction qui soient à la fois plausibles, intéressants, surprenants, amusants et émouvants. » Adrian dénombrait ces qualificatifs sur ses doigts. « Autant se livrer à une partie d'échecs en trois dimensions, conclut-il. C'est absolument infernal. Est-ce que ça vous manquerait, à vous ?

– Le résultat final me manquerait, dit Fanny. La satisfaction d'avoir créé quelque chose de durable. L'effet exercé sur les lecteurs.

– Mais on l'ignore, cet effet, la plupart du temps. Écrire des romans, c'est comme de glisser des messages dans une série de bouteilles qu'on jette à la mer au jusant, sans avoir la moindre idée du lieu où les vagues les porteront ni même savoir s'il y aura quelqu'un pour regarder dedans. D'ailleurs, ajouta Adrian, il m'est arrivé de le faire, ça, avec des bouteilles.

– Et les critiques ? » objecta Fanny.

Adrian eut un instant d'hésitation.

« Certes, la question se pose.

— Ils n'assurent pas un feed-back ?

— Ils vous en apprennent long sur eux-mêmes. Pas sur votre livre.

— À mes débuts dans le journalisme, répliqua Fanny, j'ai fait des critiques de films pour un programme de spectacles. Je ne crois pas que je révélais grand-chose sur mon propre compte.

— Vos critiques étaient donc moins cruelles que vos interviews ? »

Fanny lâcha un petit rire hautain.

« Cruelles ?

— Sir Robert Digby-Sissons vous a trouvée cruelle. D'après un journal concurrent, il a pleuré en lisant votre interview de lui.

— Il pleurait déjà pendant que je faisais l'interview. C'est un gros bébé pleurnichard. Au moindre prétexte, les larmes lui jaillissent des yeux. Et quand il n'était pas occupé à se moucher, il tentait de me peloter.

— Vous n'en avez pas parlé dans votre article, observa Adrian.

— Si, mais la phrase a été coupée. Les conseillers juridiques étaient inquiets parce que je n'avais aucun témoin. » Fanny montra son magnétophone. « Cette machine ne capte pas le son d'une main qui presse un genou.

— Vous avez aussi été cruelle envers mon ami Sam Sharp. Il en a été très meurtri.

— Il s'en remettra.

— Oui, c'est probable, convint Adrian.

— Mais j'ai été assez surprise, je l'avoue, enchaîna Fanny, que vous acceptiez de me voir juste après la publication de son interview. Je me suis demandé si c'était un piège. »

Il ne put s'empêcher de sursauter.

« Un piège ? Quel genre de piège ?

— J'ai pensé que Mr Sharp serait peut-être embusqué dans un coin de la maison. »

Adrian éclata d'un rire soulagé.

« Oh, non, Sam est à Los Angeles. Mais qu'aurait-il fait, selon vous ? Il vous aurait agressée ?

— Ça s'est vu, dit Fanny. Vous connaissez Brett Daniel ?

— L'acteur ?

— Au cocktail donné à l'occasion d'une générale, huit jours après la parution de mon interview de lui, il a délibérément renversé un verre de vin rouge sur le devant de ma robe. Et il a continué avec du vin blanc sous prétexte de neutraliser la tache.

— C'est vrai que ça marche, en fait… Vous avez porté plainte ?

— Je lui ai envoyé une méga facture pour une robe neuve. Mais il s'est vanté auprès de tous ses copains d'en avoir largement eu pour son argent.

– Vous ne pensiez quand même pas, dit Adrian, que Sam allait bondir sur vous ici et vous couvrir de vin ?

– Je pensais qu'il risquait de me couvrir d'injures », riposta Fanny.

Adrian joignit sous son menton le bout de ses doigts tendus.

« Ça ne vous gêne pas de vous savoir haïe par la plupart des gens que vous avez interviewés ?

– Les inconvénients du métier, dit-elle avec un haussement d'épaules.

– Drôle de métier, tout de même, non ? De l'assassinat virtuel.

– Vous cherchez à me provoquer, ou quoi ?

– Non, non, se récria Adrian. Mais, convenez-en, vos papiers sont plutôt destructeurs, en général. Est-ce que ce n'est pas ce que vos lecteurs attendent de vous ?

– Ils attendent de moi du bon journalisme, répondit Fanny, et j'espère que c'est ce que je leur fournis. Que pensez-vous des écrivains britanniques de la nouvelle génération ?

– Je m'efforce de ne pas penser à eux. Mais vous n'essayez pas de me faire croire que tous ces lecteurs se précipiteraient sur votre page si vous portiez l'étiquette *Fanny Tarrant, l'intervieweuse la plus gentille de Grande-Bretagne* ?

– Non, je n'essaie pas de vous faire croire ça.

J'essaie seulement de vous interviewer, non sans mal.

— Vos lecteurs ne s'abaisseraient pas à lire les racontars des tabloïds sur les parties de jambes en l'air des footballeurs et des pop stars. Pourtant, vous leur procurez le même genre de délectation, sous une forme plus raffinée, en vous débrouillant pour que des gens de valeur paraissent ridicules.

— Ils s'en chargent tout seuls, répliqua Fanny. J'en rends compte, c'est tout.

— Dites-moi, insista Adrian du ton de quelqu'un qui chercherait sincèrement à s'instruire, lorsque vous venez de rédiger l'un de vos articles vraiment féroces, comme celui sur Sam... »

Fanny l'interrompit : « Oh, je peux me montrer bien plus féroce. »

Il sourit.

« Je n'en doute pas. Mais lorsque vous venez d'écrire ce genre d'article et qu'il est imprimé, imaginez-vous votre victime en train de le lire ? Je veux dire, imaginez-vous ce pauvre vieux Sam qui se lève un beau dimanche matin, qui longe le couloir en pantoufles et robe de chambre pour aller ramasser le *Sunday Sentinel* sur le paillasson, qui l'emporte à la cuisine dans l'intention de le lire en prenant son petit déjeuner, qui feuillette le cahier magazine en quête de votre interview, qui sourit en découvrant la photo pleine page couleurs que Freddy a prise de lui assis devant son ordinateur, qui commence à lire le texte, qui tombe sur le premier sarcasme, imaginez-vous son sourire qui s'efface soudain, son cœur qui se met à cogner, le spasme qui lui noue les tripes, et la montée d'adrénaline tandis qu'il découvre que les sarcasmes vont de bout en bout, qu'il s'est fait proprement épingler ? Est-ce que vous vous représentez toutes ces réactions ? Est-ce que ça vous excite ? Est-ce votre motivation pour faire ce métier ? »

Pour la première fois depuis son arrivée, Fanny parut un peu désarçonnée.

« Pourrions-nous reprendre le cours normal d'une interview ? demanda-t-elle d'un ton glacial.

— C'est-à-dire ?

— C'est-à dire qu'à titre d'intervieweuse je pose les questions, et qu'à titre d'interviewé vous y répondez.

— Mais c'est précisément ce qui fait de l'interview une forme si artificielle, rétorqua Adrian. Ce n'est pas un vrai dialogue. C'est un interrogatoire.

— L'interrogatoire a son utilité.

— Laquelle ?

— Amener la vérité au grand jour.

– Oh, la vérité… *Qu'est-ce que la vérité ? iro-nisa Pilate, et il partit sans attendre la réponse.* L'idée ne vous a-t-elle pas effleurée que mes questions pourraient être plus révélatrices que mes réponses ?

– Je préfère m'en tenir à ma propre méthode, merci.

– Vous ne garderez donc pas la question que je viens de vous poser ? »

Fanny manifesta son irritation.

« Je n'ai encore aucune idée de ce que je garderai ou pas.

– Il faut d'abord que vous écoutiez tout l'enregistrement, je suppose ? s'enquit Adrian.

– Je fais faire une transcription.

– Et ensuite vous vous servez du traitement de texte pour la mettre en forme ? Ou bien écrivez-vous le premier jet à la main ?

– Vous me faites vraiment marcher, hein ? dit-elle.

– Mais non ! se récria Adrian.

– Ça sort tout droit du manuel du journaliste à prétention intellectuelle, déclara Fanny. *Cent questions ennuyeuses à poser à un auteur.* "Écrivez-vous tous les jours ? Employez-vous un stylo ou un ordinateur ? Déterminez-vous toutes les grandes lignes de l'intrigue avant de commencer ?" »

Adrian lui adressa un sourire de connivence et il ajouta : «"Vos romans sont-ils autobiographiques?"

— Non, objecta Fanny, je ne trouve pas cette question-là ennuyeuse.

— Ma réponse l'était toujours. Du genre : *Mes romans mêlent l'expérience personnelle à l'observation d'autrui et à l'imagination. Je me plais à croire que les lecteurs ne verront pas la différence, et il m'arrive de m'y perdre moi-même.*

— Je ne trouve pas non plus cette réponse ennuyeuse, en fait, dit Fanny tout en griffonnant dans son carnet.

— Pourquoi prendre des notes alors que vous avez votre magnétophone? s'enquit Adrian. Deux sûretés valent mieux qu'une? En cas de panne de batterie?

— Cet appareil enregistre vos paroles, le carnet contient mes commentaires.

— Ah! Je peux voir? » Adrian tendit la main.

«Non, répliqua Fanny. Quel est votre souvenir le plus ancien?

— Mon souvenir le plus ancien… Hum… » Il réfléchit quelques instants. «Eh bien, c'est un souvenir mensonger, en réalité. Le souvenir d'avoir regardé passer dans le ciel des forteresses volantes.

— Des bombardiers, vous voulez dire?

— Oui. Des B-17 américains. C'était tout à la fin de la guerre. Je me trouvais dans ma poussette. Ma mère m'avait emmené prendre l'air au parc – nous habitions à Faversham, dans le Kent, que les avions survolaient fréquemment, mais il devait s'agir ce jour-là d'un raid particulièrement important, un millier de bombardiers en formation. Il faisait un temps splendide. Tout d'un coup, l'air a été envahi par un énorme grondement, comme si tout le ciel vibrait du bruit d'un moteur colossal. Tous les promeneurs du parc se sont figés et ils ont regardé le ciel en s'abritant les yeux. Je me suis mis à pleurer. Le vacarme m'effrayait, j'imagine. "N'aie pas peur, Adrian, m'a dit maman, ce sont seulement des forteresses volantes." J'ai scruté le ciel. À l'altitude où ils volaient, les avions étaient invisibles, on ne distinguait que leurs sillages de vapeur blanche, semblables à des traits dessinés à la craie en travers de l'azur. Mais j'ai réussi à me persuader que je les voyais. Simplement, ce n'étaient pas des avions que je croyais voir, mais des forteresses – des constructions carrées, massives, avec des ponts-levis, des fortifications et des oriflammes fouettées par le vent, animées d'un mouvement magique dans les airs. J'ai couvé cette idée durant quelques années, jusqu'à ce que j'aille à l'école maternelle, que je dessine mes forteresses volantes et que la maîtresse se moque de moi quand je lui ai expliqué ce que c'était.

— Quelle jolie histoire, dit Fanny.

— Merci, répondit Adrian.

— Seulement, vous êtes né deux ans après la fin de la guerre.

— Très juste.

— Et ce souvenir appartient au héros de votre deuxième roman.

— Exactement, acquiesça-t-il. Je testais vos connaissances.

— Puisque j'ai tout bon, nous pourrions peut-être laisser de côté les petits jeux et reprendre l'interview?

— Et si nous déjeunions d'abord? proposa Adrian.

— Déjeuner?» Fanny ne semblait pas enthousiasmée.

«Oui. Ellie nous a laissé de la viande froide et de la salade au réfrigérateur. Et je pourrais ouvrir une boîte de soupe.

— D'ordinaire, je ne déjeune pas. Mais si vous avez faim, je peux vous tenir compagnie et grignoter quelque chose tout en poursuivant l'entretien.

— Vous ne déjeunez pas? s'étonna Adrian. Pourtant, Sam était particulièrement outragé que vous osiez l'attaquer après avoir consommé l'exquis saumon à la mayonnaise qu'il vous avait préparé.

— C'est lui qui a pratiquement tout avalé, en réalité, déclara Fanny. Et qui a bu le vin. Mais je vous en prie, si vous avez envie de manger, allez-y.

— Non, peu importe. Moi aussi, il m'arrive souvent de sauter le déjeuner. Je suis au régime. Je fais plus attention à ma santé depuis que j'ai cessé d'écrire des romans.

— Voilà qui est intéressant. Avez-vous une explication ?

— Tant que j'aspirais à l'immortalité littéraire, répondit Adrian, je devais être moins conscient de ma condition de mortel. Lorsque j'étais romancier, je gardais ma pipe à la bouche toute la journée, je prenais des œufs au bacon pour le petit déjeuner, je vidais une bouteille de vin à dîner et je n'avais pratiquement pas d'activité sportive. À présent, je cherche sur l'étiquette des produits alimentaires quels additifs ils contiennent, j'évite le sel et le sucre, je mesure en unités caloriques l'alcool que je m'autorise et je fais mon jogging tous les matins. La seule gâterie que je m'accorde, c'est le sauna.

— Je ne vois pas le sauna comme une gâterie, objecta Fanny.

— Mais la sensation qu'on éprouve après

… vous ne trouvez pas que c'est euphorisant?

— La seule fois où je m'y suis risquée, j'ai détesté ça.

— Où était-ce? demanda Adrian.

— Oh… dans un de ces grands hôtels baptisés centres de loisirs.

— Vous étiez en maillot de bain, j'imagine?

— Naturellement.

— Mais il ne faut rien avoir sur soi dans un sauna! s'exclama-t-il. Le moindre vêtement compresse les chairs, nuit à la transpiration. C'est une erreur totale.

— Je n'avais pas le choix. Il s'agissait d'un sauna mixte, contigu à la piscine. »

Adrian secoua la tête.

« Eh oui. Je parie qu'il était rempli de gens qui s'y enfournaient tout droit en sortant du bassin et qui restaient là à répandre autour d'eux des nuages de vapeur chlorée. »

Fanny ne le contesta pas.

« Les Anglais ne comprennent vraiment rien au mode d'emploi d'un sauna, s'affligea Adrian. C'est à pleurer.

— Quel est le bon mode d'emploi, alors? » questionna Fanny.

Penché en avant sur son fauteuil, il lui répondit avec toute la ferveur d'un adepte.

«Pour commencer, prendre une douche chaude. S'essuyer. Se tremper les pieds et les chevilles dans un pédiluve, pour stimuler la circulation. Puis pénétrer dans le sauna et s'asseoir ou s'allonger sur l'un des bancs – plus on se place haut, plus la température est élevée – pour une dizaine ou une quinzaine de minutes, jusqu'à ce que la sueur perle sur tout le corps. Ensuite, prendre une douche froide prolongée, ou plonger dans les eaux glaciales d'un lac s'il s'en trouve un à proximité, faire quelques pas au grand air, et enfin s'envelopper dans une robe de chambre et se détendre au chaud.» Il soupira. «C'est incomparable.»

Visiblement, Fanny était intriguée.

«Vous allez où pour vous livrer à cette pratique?

– Dans mon jardin.

– Vous voulez dire que vous avez ici votre propre sauna?

– Et comment! Il manque un lac, malheureusement, mais je viens de construire une annexe avec douche et bain froid. Vous voulez visiter?» Adrian fit un geste en direction de l'arrière de la maison.

«Plus tard, peut-être», dit Fanny.

Il darda sur elle un regard où miroitait une idée.

« En fait… vous pourriez essayer, pour voir. À défaut de déjeuner, nous pourrions aller au sauna. »

Ce fut au tour de Fanny de le regarder fixement.

« Je vous demande pardon ?

– Ça vous permettrait de découvrir ce que c'est qu'un vrai sauna.

– Non, merci.

– Pourquoi ?

– Je n'ai pas coutume d'interviewer les gens à poil, dit-elle.

– Ah, mais on ne parle pas, au sauna, riposta Adrian. On communie en silence avec la chaleur. Après, on peut parler. »

Fanny se tut. Elle le dévisageait comme pour tenter de lire dans ses pensées.

« Que craignez-vous ? reprit-il. Je ne m'exposerais pas au risque d'être dénoncé comme obsédé sexuel dans le *Sunday Sentinel*.

– Vous savez, je pourrais tirer parti de cette simple proposition.

– Sans aucun doute. *Adrian Ludlow m'a invitée à essayer son sauna privé sans plus de détours qu'on en prend d'habitude pour offrir un verre. Il m'a assurée que je n'avais pas besoin d'un maillot de bain. Je l'ai prié de m'excuser et je suis partie.*

– Hors de question que je m'en aille, dit

Fanny. Je n'ai pas fini mon interview. Il me reste des tas de questions à vous poser.

— Laissez-les tomber.

— Pardon ?

— Jetez-les au panier. Recommençons du début, après un sauna. Mais pas une interview. Pas de questions préparées ni de réponses préparées. Pas de masques. Pas de comédie. Une simple conversation, qui suit son cours. Qu'en pensez-vous ? »

Fanny scruta Adrian. Il ne broncha pas.

« Je vais vous donner un peignoir et une serviette-éponge, et vous montrer où vous changer, dit-il en se levant.

— Qu'est-ce qui vous fait croire que j'accepte ?

— Je me trompe ? »

Elle se mit lentement debout.

« Je m'envelopperai dans la serviette, déclara-t-elle.

— Comme il vous plaira. »

Fanny s'attarda à tripoter son magnétophone, à l'éteindre, à le reposer sur la table basse. Adrian tenait ouverte la porte de la cuisine.

« C'est par ici », lança-t-il.

Elle parut prendre sa décision. Elle se redressa, traversa la pièce et passa la porte sans regarder Adrian. Il la suivit et referma derrière eux.

3

Trois quarts d'heure plus tard, Fanny était de retour dans la salle de séjour, allongée sur la méridienne, enveloppée dans un peignoir blanc en tissu-éponge. Elle avait les cheveux mouillés, les pieds nus, les yeux fermés. Un avion vrombit au-dessus de la maison. Adrian entra par la porte de la cuisine, lui aussi vêtu d'un peignoir blanc, chaussé de tongs en caoutchouc et chargé d'un plateau avec une brique de jus d'orange et deux verres. Il jeta un coup d'œil sur Fanny en posant le plateau sur la table.

« Comment vous vous sentez ? demanda-t-il.

– Divinement bien, dit-elle en ouvrant les yeux. Vous m'avez convertie.

– Tant mieux. »

Adrian remplit de jus d'orange les deux gobelets.

«Vous aviez tout à fait raison. C'est bien plus agréable quand on est nu. »

Il eut un sourire satisfait.

« Il faut boire, maintenant, pour remplacer l'eau que vous avez évacuée. » Il lui tendit son verre.

« Merci, dit-elle en se redressant. Et vous, comment avez-vous été initié au sauna ?

— Lors d'un congrès d'écrivains au cœur de la Finlande, voilà des années. On nous avait offert le choix entre une visite guidée de la ville, qui avait l'air à peu près aussi attrayante que Milton Keynes, ou un sauna à la fumée au bord d'un lac voisin. J'ai choisi le sauna à la fumée.

— Qu'est-ce que c'est ? » Fanny allongea le bras pour enclencher son magnétophone.

Adrian se pencha vers le petit appareil et il annonça d'un ton faussement doctoral : « Le sauna à la fumée. » Il reprit une voix normale pour s'expliquer. « Ils chauffent la cabane au feu de bois et la laissent se remplir de fumée. Puis ils ouvrent une trappe dans le toit juste le temps de laisser sortir la fumée, mais pas la chaleur. Quand on y pénètre, ça sent une délicieuse odeur de bois brûlé. Les parois et les bancs sont couverts de suie, et on ne tarde pas à l'être aussi. La chaleur est torride. On ruisselle de sueur.

— Qui trace des zébrures sur la suie.

– Exactement. Il y avait là tous ces écrivains célèbres entassés dans la cabane, fesse contre fesse, qui ressemblaient à des sauvages revêtus de leur peinture de guerre et qui sentaient la côtelette grillée au barbecue.

– Hommes et femmes ensemble? interrogea Fanny.

– Non, les Finnois sont d'une étonnante pruderie sur ce point. De la part de Scandinaves, on ne s'y attendrait pas. Les dames ont eu leur séance à elles, et nous les avons retrouvées plus tard pour manger des saucisses arrosées de bière.

– Vous avez dû vous amuser.

– Beaucoup, acquiesça Adrian. Et un autre jour, il y a eu un match de foot entre les écrivains finnois et le reste du monde, à la lumière du soleil de minuit.

– Qui a gagné?

– Nous, par 3 à 2. Graham Swift s'est révélé très convaincant au poste de libero, je m'en souviens.

– Vous participez toujours à ces virées littéraires? demanda Fanny.

– Je n'y suis plus invité.

– Vivre en reclus dans une fermette située sous la trajectoire d'envol de Gatwick doit paraître assez morne en comparaison.

– Pas du tout, s'insurgea Adrian. C'est très

satisfaisant de penser que je n'aurai plus jamais à faire partie de ces hordes angoissées qui piétinent dans les aérogares. Surtout à cette époque de l'année.

— Je sais, c'est une épreuve que je redoute. Mais j'ai besoin de mes vacances.

— Quel genre de vacances ?

— Le genre très conventionnel, répondit Fanny. J'aime passer la journée étendue au soleil à côté d'une piscine, avec une pile de livres de poche à portée de la main et des boissons fraîches à intervalles rapprochés. Cette année, on va en Turquie. Et vous ?

— Nous ne partons plus en vacances.

— Pas de vacances !

— C'est étonnant, vous savez, le nombre de choses dont on s'aperçoit qu'on peut se passer, pour peu qu'on essaie. Les vacances à l'étranger. La nouvelle voiture. Les nouveaux vêtements. La résidence secondaire. Gagner de l'argent et le dépenser. Ce n'est pas une vie, en réalité, conclut Adrian.

— Vous avez renoncé à tout ça quand vous avez cessé d'écrire des romans ?

— Oui. Ça s'appelle "rétrograder". J'ai lu un article là-dessus.

— Il s'agit là d'un phénomène tout récent, objecta Fanny.

— Nous étions des pionniers.

— Et c'est aux États-Unis que ça a débuté.

— Non, c'est ici, répliqua fermement Adrian. Où habitez-vous ?

— Dans un loft à Clerkenwell.

— Que vous partagez avec Creighton ?

— Oui.

— Que fait-il ?

— Il est avocat.

— Ah bon ! Alors, ce Creighton vous serait utile si l'une de vos victimes décidait de vous intenter un procès.

— Il est avocat d'affaires, précisa Fanny. Et je préférerais que vous renonciez à employer ce mot.

— Creighton ?

— "Victimes". Les gens sur le devant de la scène doivent s'attendre à encaisser quelques coups. Et le public est ravi de les voir un peu malmenés.

— Tiens donc ! s'exclama Adrian. Vous l'admettez ?

— Bien sûr, c'est la nature humaine. Quand vous avez lu mon papier sur Sam Sharp, n'avez-vous pas ressenti – en même temps que de la compassion, de l'indignation et tout ce que doit éprouver un ami –, n'avez-vous pas ressenti un titillement délicieux ? Soyez sincère. "Pas de masques. Pas de comédie." »

Elle se pencha vers lui et le contraignit à la regarder bien en face.

« D'accord, d'accord ! dit Adrian. Je l'admets. »

Fanny se détendit en soupirant de satisfaction.

« Merci.

— Mais quel aveu terrible vous m'arrachez, reprit Adrian. Combien je vous en veux de faire en sorte que je me délecte de la souffrance de mon ami.

— "Souffrance" est un grand mot pour une meurtrissure à l'ego de Sam Sharp, vous ne croyez pas ?

— Vous êtes bien cynique, à votre âge. Vous n'éprouvez donc jamais le moindre pincement de remords à la vue de vos articles imprimés ?

— Jamais. »

Il imita sa manière inquisitoriale.

« Soyez sincère.

— Pourquoi avoir du remords ? répliqua-t-elle. Je remplis une précieuse fonction culturelle.

— Ah bon ? Laquelle ?

— Le bluff promotionnel prend maintenant tant de place que les gens confondent le succès avec la qualité authentique. Je suis là pour leur rappeler la différence, déclara Fanny.

— Est-ce que ça vous oblige à vous moquer de leur moumoute et de leurs santiags ?

— C'est parfois le seul moyen de sonder leur narcissisme. Votre ami Mr Sharp a un certain talent, mais il ne travaille pas assez pour le faire aboutir. Il écrit trop, trop vite. Pourquoi ?

— Il a une ex-épouse à entretenir, répondit Adrian. Et même deux.

— Plus il gagne, plus il paie de pensions alimentaires. Sa surproduction n'est pas due au besoin d'argent, mais à sa paresse.

— Sam, paresseux ?

— Oui. En tirant de son imprimante un flux permanent de scénarios, telles les voitures qui sortent à la chaîne de l'usine, il ne se laisse jamais le temps de jauger la qualité de ce qu'il pond. S'il récolte une mauvaise critique, il peut la négliger parce qu'il est déjà sur autre chose. Les gens pour qui il travaille ne vont pas lui donner un avis objectif. Tout ce qui les intéresse, ce sont les coûts de revient, les délais, la part de marché. C'est là que j'interviens pour mettre en question la nature de son "succès", poursuivit Fanny. Grâce aux coups d'épingle que j'ai infligés l'autre jour à son ego, son prochain scénario sera un peu amélioré.

— Mmm, fit Adrian.

— Vous semblez sceptique ?

— Il y a longtemps qu'on se connaît, Sam et moi. Il faudrait plus que des coups d'épingle pour le changer.

— Vous étiez à la fac ensemble, je crois ? demanda Fanny.

— Oui. Dès la première semaine, on s'était trouvés dans le même groupe de travaux dirigés. On est devenus inséparables. On partageait un appartement, on publiait ensemble un magazine, on écrivait ensemble des sketches de revue, on se soûlait ensemble…

— Je me souviens d'une scène, à la fin d'un de vos romans, où deux étudiants prennent une cuite après leurs examens de dernière année…

— *Les Années salade.* » La réminiscence fit rire Adrian. « Oui, c'étaient nous. En sortant du bureau de l'Association, je suis tombé sur Sam qui me cherchait en titubant à travers le campus, une bouteille à la main. On avait picolé tout l'après-midi, mais on s'était trouvés séparés, je ne sais pas comment. Quand il m'a vu, il s'est illuminé, il a fait de grands gestes et il a voulu accourir. Mais il était tellement rond que son cerveau s'est embrouillé dans le message qu'il essayait d'envoyer à ses jambes. Au lieu de le porter dans ma direction, elles sont parties en sens inverse et il s'est mis à courir à reculons. Je voyais la panique envahir son visage, comme s'il était aux prises avec une force invisible, mais plus il s'efforçait de foncer vers moi, plus vite il reculait, jusqu'à ce qu'il perde l'équilibre et se rétame sur le dos dans un massif de fleurs. Jamais je n'avais rien vu d'aussi marrant. » Adrian s'esclaffa de nouveau. « Du moins, c'était l'effet que ça me faisait, ajouta-t-il en s'apercevant que le rire de Fanny n'était pas aussi franc.

– Oui, dit-elle, c'est vrai que c'est comique dans le livre. Mais triste, en même temps. Le héros vit ça comme… une sorte de…

– Présage.

– Oui. Un présage de l'éloignement qui les guette dans les années à venir.

– Ça, dit Adrian, c'est la vision rétrospective. À l'époque, l'idée ne m'avait pas effleuré.

– Mais c'est bien ce qui vous est arrivé? À vous et Sam Sharp?

– On ne peut pas y couper. Ce genre d'amitié est propre à la jeunesse. Elle ne survit pas à l'âge adulte. Les existences divergent : chacun entame sa carrière à soi, se marie, fait des enfants…

– Votre amitié à la fac n'avait-elle pas une composante homosexuelle? demanda Fanny.

– Grand Dieu, non! s'exclama Adrian.

— Je ne parle pas d'un rapport ouvertement physique, précisa-t-elle. Mais, de façon inconsciente, d'une certaine attirance homoérotique.

— Rigoureusement pas.

— Pourquoi réagissez-vous si fort à cette suggestion ?

— Oh, là, je flaire l'impasse freudienne. Oui c'est oui, et non signifierait que je me retranche dans la dénégation. Seulement, vous êtes sur la mauvaise piste. Nous étions tous les deux amoureux d'Ellie, pratiquement tout du long.

— Ellie ?

— Ma femme. » Adrian semblait regretter d'avoir laissé échapper son nom.

« Ah, je vois ! dit Fanny. Je vois ! Votre femme est donc la jeune fille des *Années salade*. Comment s'appelle-t-elle, déjà... Fiona ?

— Mais non. Eleanor n'est pas du tout le même genre de personne.

— Toutefois, elle occupait la même place auprès de vous et de Sam que Fiona par rapport aux deux garçons du roman ?

— Dans une certaine mesure, répondit Adrian.

— Dans le livre, ils vont jusqu'à se partager Fiona pendant quelque temps. Elle couche avec les deux.

— Écoutez, je préfère clore ce chapitre, si vous voulez bien.

— Je croyais que notre conversation devait suivre son cours, observa Fanny.

— Oui, en ce qui me concerne. Mais là, il s'agit d'Ellie.

— C'est donc vrai qu'elle couchait avec vous deux ?

— Je n'ai rien dit de tel.

— Vous ne seriez pas ainsi sur la défensive si ce n'était pas le cas. »

Adrian réfléchit en silence à l'attitude à adopter.

« Non, je regrette, dit-il enfin en secouant la tête.

— Entre nous. » Fanny allongea le bras pour couper l'enregistrement.

« Ça vous sert à quoi si c'est entre nous ?

— Je vous l'ai dit, mon intérêt ne se borne pas au plan professionnel.

— Comment être sûr que je peux vous faire confiance ?

— Je vous ai fait confiance quand je suis entrée dans le sauna, riposta Fanny. Est-ce que j'étais sûre… ? »

Adrian marqua encore une hésitation avant de répondre.

«Bon, je vais tout vous raconter. Mais c'est strictement confidentiel.

— Strictement.»

Fanny replia les genoux sous son peignoir, tel un enfant qui s'apprête à écouter une histoire.

«En deuxième année, Sam et moi, nous écrivions une revue pour la compagnie théâtrale, et Ellie est venue passer une audition. Nous avons tout de suite eu le béguin pour elle, et elle pour nous. Pour nous deux. Comme nous ne voulions pas nous brouiller à cause d'elle, nous avons pris l'habitude de rester groupés en trio. Les autres ne comprenaient pas bien ce qui se passait au juste. Ça nous amusait de les laisser jouer aux devinettes.

— Et qu'est-ce qui se passait, au juste? demanda Fanny.

— Rien, sexuellement. On fumait des joints, et il y avait quelquefois une petite séance de pelotage *à trois**, mais c'était tout. Jusqu'au jour où Sam a reçu un télégramme de chez lui, son père était gravement malade et il fallait qu'il y aille tout de suite. Ellie et moi, nous étions en tête à tête pour la première fois. Un soir, on s'est défoncés avec de la très bonne herbe et on s'est retrouvés dans mon lit. Au retour de Sam – son père allait mieux –, on a éprouvé le besoin de le mettre au courant. Il était furieux. Il nous a

93

accusés de l'avoir trahi, d'avoir détruit la relation merveilleuse, exceptionnelle, qui avait existé entre nous trois. On a essayé, Ellie et moi, de lui expliquer que nous n'avions rien prémédité, que c'était arrivé par surprise, mais il refusait de se laisser apaiser. Jusqu'à ce que... » Adrian marqua une pause.

« Jusqu'à ce qu'Ellie propose de coucher aussi avec lui.

— Oui. Elle a dit que ça rétablirait l'équilibre entre nous. Jamais je n'oublierai la tête de Sam... Nous étions tous les deux muets d'étonnement, en fait. Ce geste nous paraissait si généreux ! Il semblait abolir d'un coup le système de la jalousie, de la possessivité. N'oubliez pas que c'étaient les années 60 : on s'imaginait réinventer les relations sexuelles. Le lendemain soir, je me suis donc éclipsé et Ellie est allée au lit avec Sam. Ensuite, nous n'en avons jamais parlé, lui et moi, et nous sommes redevenus le trio chaste et platonique que nous formions avant. Sauf que, bien entendu, ce n'était plus pareil. Nous avions croqué la pomme, ou du moins mordu dedans. Ellie a fini par être obligée de choisir entre nous deux.

— Dans le roman, intervint Fanny, la fille continue assez longtemps de coucher avec les deux garçons.

— Pure invention, affirma Adrian. En général, le sexe est plus présent dans les romans que dans la vie, vous n'avez pas remarqué? En tout cas, après avoir enduré une bonne dose de frustration, connu ailleurs des expériences malheureuses et tout ce qui s'ensuit, Ellie a jeté son dévolu sur moi. Dans le roman, bien sûr, elle n'épouse aucun des deux et chacun part de son côté. »

Fanny attendit ce qu'il aurait éventuellement à ajouter, mais il se tut.

« C'était captivant, dit-elle enfin. Merci.

— À votre tour, maintenant, de me raconter quelque chose d'aussi... personnel, sur votre propre compte.

— Pourquoi?

— Ce n'est que justice, déclara Adrian.

— D'accord. Que voulez-vous savoir?

— Eh bien... L'histoire de votre tatouage. »
Fanny se tortilla un peu.

« Mon papillon?

— Je n'ai pu m'empêcher de le remarquer, tout à l'heure... » D'un geste, il indiqua le sauna dans le jardin. « Vous avez fait ça pour la loubarde refoulée en vous qui cherche à se manifester?

— Non, c'était pour faire plaisir à mon petit ami.

— Creighton?

— Oh! lala! non, ça date de bien avant. Entre le bac et la fac. J'avais un peu pété les plombs, cette année-là. Il s'appelait Bruce. C'était un rockeur, couvert de tatouages. Il me tannait pour que moi aussi je me fasse tatouer, et j'étais tellement folle de lui que j'ai accepté. C'est une vraie malédiction. L'été, ça m'empêche de mettre des robes sans manches.

— Moi, je trouve ça assez charmant, protesta Adrian. On dirait que ce papillon vient de se poser sur votre épaule.

— Malheureusement, les initiales de Bruce sont imprimées sur ses ailes.

— Ah, ça m'a échappé.

— Dans les cocktails, dès qu'il est apparent, il devient un sujet de conversation un peu lassant.

— Oui, je conçois que ça puisse être ennuyeux. Il n'y a aucun moyen de l'enlever?

— Non, à part la greffe de peau. » Elle se dénuda l'épaule en abaissant le bord du peignoir pour lorgner son papillon. «Il ne s'est pas du tout estompé. Bruce m'a marquée à vie, le salaud. »

Adrian s'approcha de Fanny pour examiner le tatouage.

« B. B., dit-il.

— Bruce Baxter.

– C'était douloureux ?

– Une torture.

– Et maintenant ?

– Oh, je ne sens plus rien, répondit-elle.

– Le dessin est assez ravissant, vous savez. » Adrian parcourut du bout du doigt le contour du papillon.

C'était la première fois qu'il la touchait, hormis leur poignée de main sur le seuil, et ce contact avait quelque chose d'intime au point de frôler l'érotisme. Conscients tous deux du caractère liminal de l'instant, ils le manifestèrent en suspendant soudain tout mouvement, aussi immobiles que les personnages d'un bas-relief antique. Adrian laissa son doigt posé sur la peau de Fanny tandis qu'il étudiait le papillon, tel un entomologiste curieux. Elle tenait les yeux rivés sur ce doigt. Tous deux se taisaient. La voix qui résonna fut celle d'Eleanor.

« Est-ce que j'interromps quelque chose ? » lança-t-elle, debout à la porte de la cuisine.

Adrian fit volte-face et s'éloigna brusquement de la méridienne. Fanny tira le peignoir sur son épaule et elle se leva.

« Ellie ! s'écria Adrian. Tu rentres de bonne heure. Je n'ai pas entendu la voiture.

– Non, elle est tombée en panne à la lisière du village. Je suis venue à pied à travers champs.

« – Cette personne est Fanny Tarrant.

– Je m'en doutais un peu, répliqua Eleanor.

– Bonjour », dit Fanny.

Eleanor l'ignora.

« Nous venons de faire un sauna, expliqua Adrian.

– Quelle bonne idée, dit Eleanor d'un ton caustique.

– Quel est le problème, pour la voiture ?

– Je ne sais pas. Je suppose qu'il s'agit simplement d'une panne sèche. »

Fanny étouffa un rire. Adrian croisa son regard et il sourit.

« J'ai dit quelque chose de drôle ? demanda Eleanor.

– Non, c'est seulement… peu importe, répondit Adrian.

– Je ferais bien d'aller me rhabiller, dit Fanny. Excusez-moi. » Elle sortit par la porte de la cuisine.

« Je ne t'attendais pas si tôt, reprit Adrian.

– Visiblement, riposta Eleanor.

– Ellie ! Ne sois pas ridicule.

– Rosemary avait la migraine, alors je suis rentrée. Elle est comment, toute nue ?

– Je suis bien incapable d'en juger. Il fait très sombre dans le sauna, comme tu sais.

– Et sous la douche ?

— Je ne me suis pas douché avec elle. Je suis resté dans le sauna après… » Adrian eut un geste impatient. «Assez joué à ce jeu idiot. Je vais m'habiller. »

Il fit quelques pas en direction de la cuisine, puis il parut changer d'idée et pivota pour sortir dans le couloir et grimper l'escalier.

Eleanor resta un moment plantée devant la table des repas sur laquelle elle s'appuyait, les sourcils froncés. Puis elle se mit à déambuler lentement à travers la pièce, comme si elle cherchait des indices. Remarquant le magnétophone de Fanny sur la table basse, elle le prit, le tourna et le retourna entre ses mains, avec l'air de se demander ce qu'il contenait. Le petit appareil n'avait pas de haut-parleur. Eleanor jeta un coup d'œil à la chaîne hi-fi, sur les rayonnages. Les voyants lumineux indiquaient qu'elle était restée branchée. Elle alla appuyer sur la touche *Play* de la platine. Les enceintes diffusèrent le chuintement de la bande vierge. Eleanor pressa durant quelques instants la touche *Rewind*, puis *Stop* et *Play*. Sa propre voix sortit des baffles, suivie de celles d'Adrian et de Fanny.

« Je suppose qu'il s'agit simplement d'une panne sèche… J'ai dit quelque chose de drôle ?

— Non, c'est seulement… peu importe.

– *Je ferais bien d'aller me rhabiller… Excusez-moi.* »

De nouveau, elle appuya quelques secondes sur la touche *Rewind*. Puis sur *Play*.

« … *un rockeur, couvert de tatouages. Il me tannait pour que moi aussi je me fasse tatouer, et j'étais tellement folle de lui que j'ai accepté. C'est une vraie malédiction. L'été, ça m'empêche de mettre des robes sans manches.*

– *Moi, je trouve ça assez charmant. On dirait que ce papillon vient de se poser sur votre épaule.* »

Eleanor grimaça et arrêta la bande. Elle s'écarta de quelques pas, mais revint vers la chaîne pour écouter encore un passage de l'enregistrement. Cette fois, elle laissa la cassette se rembobiner un peu plus longtemps avant de l'arrêter et d'appuyer sur *Play*. Elle entendit la voix d'Adrian.

« … *semblait abolir d'un coup le système de la jalousie, de la possessivité. N'oubliez pas que c'étaient les années 60 : on s'imaginait réinventer les relations sexuelles. Le lendemain soir, je me suis donc éclipsé et Ellie est allée au lit avec Sam. Ensuite, nous n'en avons jamais parlé, lui et moi, et…* »

D'un mouvement brusque, Eleanor pressa la touche *Stop* et coupa le son. Sa respiration s'était accélérée. Son visage exprimait un saisissement qui se mua en colère. Près d'une minute s'écoula. Puis Adrian apparut à la porte du couloir, vêtu autrement que dans la matinée. Le bas de son pantalon était rentré dans ses chaussettes.

« Je vais en vélo avec un bidon d'essence voir si je peux faire démarrer la voiture », annonça-t-il. Le dos tourné, Eleanor ne répondit pas. « Elle est où, exactement ? De ce côté-ci du village ? » Comme Eleanor se taisait toujours, il s'avança dans la pièce. « Ellie ? dit-il d'un ton légèrement impatient.

— Comment as-tu pu ?...

— Quoi ? »

Elle se retourna violemment.

« Me trahir ainsi.

— Pour l'amour du ciel, Ellie, on est seulement allés au sauna ! Il ne s'est rien passé.

— Il ne s'agit pas de ton foutu sauna, explosa Eleanor. Il s'agit de ce que tu lui as raconté à propos de moi, de ma vie privée.

— De quoi tu parles ? » demanda-t-il, mais son expression disait : *Comment tu le sais ?*

Eleanor appuya sur le bouton *Play* de la platine.

« *... et nous sommes redevenus le trio chaste et platonique que nous formions avant. Sauf que, bien entendu, ce n'était plus pareil. Nous avions*

101

croqué la pomme, ou du moins mordu dedans. Ellie
a fini par être obligée de choisir entre nous deux.»

«Oh, merde», lâcha Adrian.

« Dans le roman… »

Il éteignit la chaîne.

«C'était en dehors de l'interview enregistrée»,
dit-il.

Eleanor montra la platine du doigt.

«D'après toi, ce n'est pas enregistré?

– Non, elle avait arrêté son magnétophone.
J'ai oublié que le mien tournait toujours.

– Je me fous de ce qui tournait ou pas! Tu
as raconté à une parfaite inconnue quelque chose
de très intime à mon sujet à moi, à *moi*, sans
mon autorisation.

– Je suis désolé, Ellie, mais…

– C'est infâme. Je n'arrive pas à le croire.

– Écoute-moi, Ellie. Je vais t'expliquer ce qui
est arrivé. J'ai laissé échapper une allusion à nos
années de fac, comment nous avons fait ta
connaissance, Sam et moi, et elle s'est jetée là-
dessus…

– Tu m'étonnes!

– J'ai pensé qu'il valait mieux mettre les
choses au point, hors interview. Si bien qu'elle
ne peut pas s'en servir.

– En quoi est-ce que ça l'intéressait, si elle ne
peut pas s'en servir?

— Je lui ai posé la question, dit Adrian, retrouvant un peu de son assurance. Il se trouve qu'elle adore mes romans, en fait…

— Ah, que c'est touchant ! s'exclama Eleanor. Elle en a apporté un pour que tu le lui dédicaces ?

— Eh bien, oui, justement.

— Bon sang ! Tu ne vaux pas mieux que Sam ! Vous avalez tous les deux la flatterie féminine comme des bébés tètent le sein. Vous ouvrez de grands yeux et vous êtes là à boire du petit lait. » Adrian encaissa en silence cette accusation. « Et tu lui as raconté quoi d'autre, "hors enregistrement" ? poursuivit Eleanor. Tu lui as parlé de mon avortement ? »

Adrian sursauta, l'air choqué et inquiet. Il regarda la porte de la cuisine et baissa la voix.

« Bien sûr que non. Tu perds la tête ?

— Non, mais toi oui, je crois. Imagine qu'elle le découvre toute seule ?

— Impossible. De toute façon, toute l'histoire de nous trois est cadenassée, sous scellés. Elle m'a donné sa parole.

— Et tu lui fais confiance ?

— Parfaitement. »

Fanny fit son entrée, vêtue, coiffée et maquillée comme à son arrivée.

« Ah, vous voilà », lança Adrian. Eleanor

tourna le dos et s'efforça de se calmer. Adrian se dirigea vers le couloir. « Je vais faire un saut pour mettre de l'essence dans la voiture. De ce côté-ci du village, dis-moi, Ellie ?

— Oui, répondit-elle sans se retourner.

— Si elle démarre, je pourrai vous conduire à la gare, proposa Adrian à Fanny.

— Merci, mais ce n'est pas la peine de vous déranger.

— Aucun dérangement. Je suis de retour dans cinq minutes. »

Avant qu'elle n'ait le temps de le retenir, il tourna les talons.

« Non, je vous en prie… » lança-t-elle dans son dos, mais il n'entendit pas ou ne voulut pas entendre. La porte de la maison claqua derrière lui. Fanny soupira. « En fait, je me suis permis d'utiliser le téléphone à la cuisine pour appeler un taxi », dit-elle à Eleanor.

Celle-ci lui fit face.

« Quel train comptez-vous prendre ?

— Le premier qui se présentera. »

Eleanor consulta sa montre.

« Vous venez d'en rater un. Il vous faudra attendre près d'une heure. À moins d'aller jusqu'à Gatwick en taxi.

— Alors c'est ce que je vais faire. » Il y eut un

silence. « Cette situation est assez gênante, reprit Fanny.

– Oui.

– J'espère que vous n'avez pas tiré de conclusions hâtives.

– Quel genre de conclusions ?

– Nous sommes allés au sauna, voilà tout. Ça n'avait rien de… sexuel.

– Vous ne voyez rien de sexuel à vous enfermer toute nue dans une petite cabane avec un homme dont vous venez de faire la connaissance ? demanda Eleanor.

– Je me sentais très à l'aise. Il n'y a pas eu le moindre effleurement ni rien, affirma Fanny.

– Il faisait plus que vous effleurer quand je suis entrée.

– Je lui montrais un tatouage que j'ai sur l'épaule.

– Je vois. Ça change des estampes japonaises, évidemment.

– Écoutez, je regrette. Le sauna n'était sans doute pas une très bonne idée, mais Mr Ludlow m'a plus ou moins mise au défi d'essayer, et je n'ai jamais su résister à un défi. »

Fanny alla récupérer son petit magnétophone sur la table basse.

« Pourquoi êtes-vous venue ici ? interrogea Eleanor.

— Pour interviewer votre mari.

— Oui, mais pourquoi lui ? Il a cessé d'être un écrivain en vue.

— C'est précisément ce qui m'intéressait. Je voulais découvrir pourquoi il n'écrit plus.

— Et vous avez réussi ?

— Oui, je crois, répondit Fanny. Il m'a expliqué qu'il n'avait plus rien à dire qui paraisse justifier le travail harassant d'élaborer une histoire afin de l'exprimer.

— Ah bon, il vous a expliqué ça ?

— Peu d'auteurs font preuve d'une telle humilité. »

Eleanor émit une onomatopée dont le sens était manifeste. Fanny lui jeta un coup d'œil animé d'un soudain intérêt. Ce regard échappa à Eleanor, encore consumée d'une colère à peine rentrée.

« Vous n'êtes pas d'accord ? demanda la journaliste.

— J'ai passé de trop longues heures à tenter de lui rendre sa confiance en soi. »

Sans qu'Eleanor s'en aperçoive, Fanny enclencha son magnétophone qu'elle tenait toujours à la main.

« Oui, d'après Virginia Woolf, ce qu'il y a de pire pour un écrivain c'est de dépendre si fort des éloges.

— C'est aussi ce qu'il y a de pire quand on est marié avec cet écrivain. Si on ne se montre pas emballée par son œuvre, il boude, et dans le cas contraire il pense que ça ne compte pas vraiment.

— Ce qui est la vérité, bien sûr, observa Fanny en souriant. Ça ne compte pas au même titre que les critiques.

— Les critiques ont porté Adrian aux nues pour son premier roman, dit Eleanor. Il ne pouvait rien lui arriver de pire.

— Pourquoi ?

— Ensuite, il s'est constamment imaginé que ça allait se reproduire, ce flush royal de critiques dithyrambiques. Bien entendu, il est tombé de haut. Chaque parution était une épreuve plus douloureuse que la précédente. Aux alentours de la date de sortie de son nouveau roman, la tension chez nous devenait insupportable. Au petit matin, il s'asseyait en pyjama et robe de chambre sur les marches de l'escalier pour attendre l'arrivée du journal dans la boîte aux lettres. Puis, dès que j'étais levée, il m'envoyait acheter toute la presse du jour.

— Pourquoi est-ce qu'il n'y allait pas lui-même ?

— Parce qu'il jouait à faire croire aux gens que ça ne l'intéressait pas de lire les critiques, qu'il me laissait ce soin. Et je m'en suis chargée, en effet, pendant quelque temps. Je lui donnais simplement une vague idée de la teneur – assez favorable pour l'*Observer*, très bien sans plus pour le *Telegraph* et ainsi de suite. Je passais sous silence les éreintements. Mais ça ne servait à rien, il sortait les coupures du classeur dès que je m'absentais et, rien qu'à le voir traîner dans la maison d'un air sombre, je devinais qu'il avait tout lu.

– Il devait être plutôt difficile à vivre, à l'époque.

– Difficile ! s'exclama Eleanor. Foutument invivable, oui ! Pas étonnant que les garçons se soient barrés de chez nous dès qu'ils ont pu… Entre la torture de la publication et le supplice de l'écriture, il s'écoulait une phase d'environ trois mois durant laquelle il ressemblait à quelqu'un de normal. Après quoi, on repartait pour tout le cycle.

– Pourquoi s'est-il arrêté après *Les Profondeurs* ?

– Chez l'éditeur, ils étaient tous très contents du manuscrit, et je ne sais quel idiot a fourré dans la tête d'Adrian l'idée qu'il allait obtenir le Booker Prize et la gloire. Quand le roman est sorti, il a reçu l'accueil mitigé habituel – quelques bonnes critiques, d'autres moins bonnes, trois ou quatre vraiment cinglantes de la part de jeunes péteux aux dents longues – et il n'a même pas figuré dans la sélection pour le Booker. Adrian a sombré dans une dépression qu'il m'a fallu cacher de mon mieux à son éditeur, à son agent, à ses amis et au reste du monde. Pour moi, la coupe était pleine, dit Eleanor.

– Vous avez menacé de le quitter ?

– Ça revenait à ça. Mais il a décidé que lui aussi, il en avait soupé. Il m'a annoncé que les romans, c'était fini. Nous avons vendu notre maison londonienne pour emménager ici et adopter un nouveau mode de vie… Et voilà… C'était une solution, mais elle n'avait donc rien d'héroïque.

– J'avoue que je suis déçue, dit Fanny.

– Pourquoi ?

– Eh bien, c'était une sorte de héros à mes yeux, jadis. »

Eleanor la dévisagea d'un air mal à l'aise. Le carillon de la porte retentit.

« C'est sans doute mon taxi », dit la journaliste.

Elle éteignit son magnétophone. Eleanor s'en aperçut, alarmée.

« Quoi, vous m'avez enregistrée ?

– Oui, répliqua Fanny en ouvrant sa mallette.

– Vous ne m'avez pas demandé la permission.

– Quelle différence ça fait ?

– Vous n'en aviez pas le droit, protesta Eleanor.

– Vous n'avez pas précisé que c'était confidentiel.

– Je sais, mais…

– Mais quoi ? Pourquoi m'avez-vous raconté tout ça ?

– J'étais perturbée.

– Vous étiez en boule contre votre mari, alors vous me l'avez balancé. » Fanny rangea le magnétophone dans sa mallette qu'elle ferma.

« Donnez-moi cette cassette. Ou effacez toute la partie avec moi. »

La journaliste secoua la tête. « Désolée. » Le carillon sonna de nouveau. « Il faut que j'y aille. »

Tandis qu'elle se dirigeait vers le couloir, Eleanor lui barra le passage. Fanny s'immobilisa, sa mallette à la main.

« Écoutez, dit Eleanor, j'avais peut-être envie que vous sachiez la vérité. Mais pas forcément que vous la rendiez publique.

– Pas forcément ? releva Fanny, sardonique.

– S'il vous plaît.

– Vous n'ignorez pas comment je gagne ma croûte. »

Les deux femmes s'affrontèrent un instant, les yeux dans les yeux.

« Non, dit enfin Eleanor. Vous détruisez l'existence des gens. Vous leur passez de la pommade pour vous introduire chez eux, vous les embobinez pour les amener à se confier étourdiment, vous trompez leur confiance, vous sabotez leur image à leurs propres yeux et vous sapez leur sérénité. Voilà comment vous gagnez votre croûte. »

Le carillon résonna une troisième fois.

« Adieu », dit Fanny avant de disparaître.

Eleanor entendit la porte se refermer. Elle s'affaissa sur une chaise devant la table des repas, le regard perdu dans le vague… ou dans l'avenir. Sa colère s'était évaporée. Son attitude n'exprimait plus que le remords et l'appréhension.

4

Une quinzaine de jours plus tard, de bon matin, Eleanor se trouvait assise sur la même chaise dans une attitude presque identique, sinon qu'elle avait devant elle une tasse contenant un fond de thé refroidi. Elle était en chemise de nuit et robe de chambre. Il faisait jour, mais le temps était couvert et les prés embrumés. Vu des fenêtres de la maison, le paysage paraissait monochrome. Un coq chanta au loin. Eleanor se raidit en percevant le bruit d'un véhicule qui approchait. Avec un crissement de gravier sous les pneus, il pénétra au ralenti sur le parking. Le moteur se tut. Une portière claqua doucement. Eleanor se précipita dans le couloir et elle tira les verrous de la porte d'entrée. Lorsqu'elle l'ouvrit, Sam Sharp se tenait sur le seuil.

« Ça alors ! Si je m'attendais à te voir...

– Il est affreusement tôt, je sais, mais...

« Entre », dit-elle sans empressement excessif. Elle le précéda dans la salle de séjour.

« J'arrive tout droit de Los Angeles par le vol de nuit », expliqua Sam. Il n'était pas rasé et son costume de lin fripé avait une tache sur le revers du veston. « J'ai pensé que je pouvais passer chercher mon vase, si tu étais déjà levée. Ce qui est le cas.

— Tu devais rester un mois là-bas, non ?

— Changement de programme. Comment tu vas ? »

Il se pencha pour embrasser Eleanor sur la joue, mais elle se détourna et alla se rasseoir à la table.

« Je n'ai pas envie de t'embrasser, Sam », lança-t-elle.

Sam parut déconcerté. « Ah ! » fit-il. Il se caressa le menton du dos de la main. « La barbe naissante ? Mauvaise haleine ?

— Je t'en veux.

— De quoi ? Qu'est-ce que j'ai fait ?

— Tu as introduit dans notre vie cette vipère de Fanny Tarrant. »

Il parut surpris.

« Tu veux dire qu'elle a interviewé Adrian ?

— Oui.

— Pourquoi est-ce qu'il ne m'a pas tenu au courant ? Il a écrit son article sur elle ?

— Pas que je sache. Mais Fanny Tarrant a écrit le sien sur lui.

— Montre, dit Sam.

— Je ne l'ai pas encore. C'est pour ça que je suis debout à cette heure indue. J'attends les journaux du dimanche.

— Comment tu sais que ça va paraître aujourd'hui ?

— C'était annoncé dimanche dernier : *Fanny Tarrant déniche Adrian Ludlow dans sa Cachette*.

— Ça n'a pas l'air méchant, observa Sam. Le papier sera peut-être sympa.

— Aucune chance.

— Qu'est-ce que tu en sais ?

— C'est une longue histoire. Je vais tâcher de faire court. Assieds-toi, dit Eleanor.

— Tu m'offres du café, d'abord ?

— Non.

— Non ? Comment ça, non ?

— Tu vas m'écouter, bon sang !» lâcha Eleanor.

Sam comprit enfin qu'il était arrivé quelque chose de grave.

«D'accord, d'accord, dit-il en s'asseyant docilement.

— Ton plan débile a marché, jusqu'à un certain point. L'agent d'Adrian…» Elle s'interrompit et le regarda fixement. «Où est passé ton postiche ? » Le crâne de Sam présentait une large tonsure.

« À la poubelle, répondit-il, un peu piteux.

– Pourquoi ?

– En Californie, il m'embêtait. Il n'arrêtait pas de se décoller dans la piscine… Continue. »

Eleanor lui raconta comment l'interview avait été organisée en dépit d'elle, et qu'elle s'était arrangée pour ne pas se trouver à la maison. « Mais je suis rentrée plus tôt que prévu. » Elle marqua une pause, revivant ce moment.

« Ne me dis pas que tu les as surpris au lit ?

– Non, un peu moins cliché que ça, répliqua Eleanor. Ils revenaient du sauna.

– Un sauna ? À poil ?

– Apparemment.

– Putain ! s'exclama Sam d'un ton de stupéfaction mêlée d'envie.

– À mon entrée, ils se prélassaient en peignoir. Celui de Fanny Tarrant laissait gracieusement son épaule à nu parce qu'elle était en train de montrer son tatouage à Adrian.

– Quel genre de tatouage ?

– Qu'est-ce que ça peut faire ? » Eleanor eut un geste irrité. « Un papillon.

— *Volette comme le papillon, pique comme l'abeille**.

— Plutôt comme le scorpion. Elle devrait avoir une queue de scorpion tatouée sur la fesse, répliqua Eleanor. Bon, je n'ai pas été charmée par le tableau, même si je ne pensais pas sérieusement que leur intimité était allée plus loin…

— Tu es bien confiante, dit Sam.

— Tu sais qu'il est fana du sauna. Il fait sans cesse du prosélytisme. Je ne crois vraiment pas qu'il avait l'idée de la draguer.

— Mais elle, peut-être qu'elle avait l'idée de le draguer ?

— Oui, ça m'a traversé l'esprit. En tout cas, pendant qu'ils étaient allés se rhabiller, j'ai découvert qu'Adrian avait enregistré l'interview. » Eleanor raconta ce qu'elle l'avait entendu confier à la journaliste.

Sam se raidit.

« Nom d'un chien ! Il déjante ?

— Selon lui, c'était hors interview, strictement confidentiel.

— Ah, bon, dit Sam, un peu rassuré. Mais tu ne te fies pas à elle ?

— Non. Je ne sais pas. La question, c'est qu'il

---

* Devise du boxeur Muhammad Ali, alias Cassius Clay. *(N.d.l.T.)*

n'avait aucun droit de lui révéler quoi que ce soit à mon sujet, sans parler de faits aussi intimes.

— Évidemment, mais… »

Eleanor l'interrompit.

« Des années durant, je me suis résignée à tomber sur des bribes de ma vie privée dans ses romans. Ça n'a rien d'agréable, c'est… comme de voir de vieilles fringues à soi, des choses qu'on croyait avoir jetées, en vente dans une boutique de l'Armée du Salut. Mais je pouvais au moins me consoler en pensant que personne ne saurait qu'il s'agissait de moi, parce qu'il brouillait les pistes. Tandis que ce coup-ci, c'est autre chose…

— Je comprends que tu sois furieuse, Ellie. C'est tout à fait justifié. Mais franchement, il n'y a pas de quoi te mettre dans un tel état à propos de son papier.

— Tu ne sais pas ce qu'il y a dedans.

— Même si elle s'est servie de cette histoire, ça ne fera pas de vagues. Ainsi, tu as couché tour à tour, voilà trente ans, avec deux garçons qui étaient tes amis. Et après ? Qui s'en soucie ? » Eleanor se taisait. Un peu inquiet, Sam lui demanda : « Il n'a rien raconté d'autre, hein ? Il n'a pas parlé de…

— Non.

— Dieu merci. Alors, tu n'as pas à te tourmenter.

– Je n'ai pas fini mon récit. Pendant qu'elle attendait son taxi et qu'Adrian allait chercher la voiture…

– Parce qu'elle était où, la voiture ?

– Quelle importance, où était cette foutue voiture ?

– Excuse-moi, dit Sam. C'est une habitude de scénariste de poser ce genre de questions.

– Je suis tombée en panne sèche à la lisière du village. Je suis rentrée à pied à travers champs. Adrian est parti avec un bidon d'essence récupérer l'auto. Ça te va ?

– Tu les as donc surpris tous les deux en peignoir parce qu'ils n'ont pas entendu la voiture approcher. Tu vois, comme ça, ça colle. »

Eleanor explosa.

« Il ne s'agit pas d'un de tes scénarios, Sam, il s'agit de ma vie à moi.

– Et aussi de la mienne, si je te suis. Donc, tu étais…

– Chut ! » Elle leva la main.

« Qu'est-ce qu'il y a ? »

Elle alla regarder par la fenêtre.

« Rien. J'ai cru entendre la camionnette de Mr Barnes.

– Qui est Mr Barnes ?

– Notre marchand de journaux. »

Elle retourna s'asseoir à la table.

« Donc, reprit Sam, tu es restée seule avec Fanny Tarrant ?

– Oui. J'étais en colère, perturbée. Elle s'est vantée d'avoir obtenu qu'Adrian lui explique pourquoi il avait cessé d'écrire des romans : il pensait n'avoir plus rien à dire de neuf. Elle avait l'air si contente d'elle à propos de cette découverte et si admirative envers Adrian que ça m'a écœurée. Alors, j'ai lâché la raison véritable pour laquelle il a cessé d'écrire, avoua Eleanor.

– À savoir ?

– Il ne pouvait plus supporter de se voir rappeler régulièrement que rien de ce qu'il écrivait ne valait tout à fait son premier roman.

– Tu parles des critiques ? demanda Sam. Adrian a toujours affirmé qu'il ne les lisait pas.

– C'est un mensonge. Dont j'étais complice. Mais il n'y avait pas que les critiques. À la moindre humiliation, réelle ou imaginaire, il sombrait dans le désespoir. Lorqu'il a su que *Les Profondeurs* ne figurait pas dans la sélection pour le Booker, il était au bord du suicide.

– Jamais je ne m'en serais douté, dit Sam. Et tu as raconté tout ça à Fanny Tarrant ?

– Oui.

– Sous le sceau du secret ?

– Non. »

Il grimaça. « Ah, merde.

— J'étais en colère. Incapable de réfléchir. Je ne me suis pas aperçue qu'elle m'enregistrait, jusqu'au moment où elle a éteint son magnétophone. Après son départ, quand Adrian est revenu, je lui ai confessé ma faute.

— Qu'est-ce qu'il a dit?

— Rien, répondit Eleanor. Depuis, il ne m'a plus parlé.

— ... De Fanny Tarrant?

— De quoi que ce soit. Il ne m'adresse plus la parole, sauf si nous avons de la visite. Là, il se met à bavarder, à sourire, à rire et à me prendre à témoin comme si tout était parfaitement normal, mais dès que les gens sont partis, qu'il s'agisse des voisins, du pasteur ou de la femme de ménage, il se mure dans le silence, feint de ne pas m'entendre et communique avec moi au moyen de petits mots. »

Eleanor plongea la main dans la poche de sa robe de chambre d'où elle tira une poignée de bouts de papier chiffonnés, qu'elle posa sur la table devant Sam. Il en déplia un et lut à haute voix : *« J'aurai besoin de la voiture demain matin entre onze heures trente et treize heures. »* Il regarda Eleanor. «Pourquoi tu acceptes ces conneries? Qu'est-ce qui t'empêche de te tirer et de le laisser mariner dans son jus?

— Le sentiment de culpabilité, je pense. D'avoir livré son secret.

— Ce n'était pas intentionnel.

— Si, dit-elle d'un ton amer. J'ai changé d'avis, mais trop tard.

— C'est sa faute à lui, il t'a provoquée... Il est où, en ce moment ?

— Il dort encore, sans doute. Il couche dans la chambre d'amis, il va au lit des heures après moi et se lève tard, pour qu'on ne prenne pas le petit déjeuner ensemble. On ne prend aucun repas ensemble. »

Sam réfléchit une minute.

« Ellie, dit-il, viens avec moi à la maison. Tout de suite. À ton tour de lui écrire un petit mot. Ça lui remettra les idées en place.

— Non merci, Sam.

— Tu te laisses traiter par lui en criminelle. C'est absurde.

— Je sais, convint Eleanor, mais...

— Habille-toi, fais ta valise et viens. Avant qu'il se réveille. Allez, vas-y. » Il se leva d'un bond comme pour l'encourager. « Ça ne t'engage à rien. Sauf si tu en as envie, naturellement. »

Eleanor sourit. « Merci, Sam, mais je ne peux pas faire ça.

— Pourquoi ?

— Si je partais maintenant, je ne reviendrais jamais. Ce serait terminé.

— Eh bien, votre couple a peut-être assez duré, répliqua Sam.

— Mais je ne veux pas divorcer ! s'insurgea Eleanor. Tous les gens que je connais ont divorcé. J'ai vu le mal que ça leur fait. Tu es bien placé pour le savoir, le mal que ça fait. Je ne veux pas passer par là, pas à mon âge. Si j'avais dû le faire, ç'aurait été il y a dix ans.

— Mais si votre vie de couple est devenue intenable…

— Non, depuis qu'on est venus habiter ici, ça va beaucoup mieux. Adrian peut se montrer adorable quand il est de bonne humeur.

— Oh, ça, je sais.

— Et depuis qu'il a renoncé à écrire des romans, il a été de bonne humeur presque en permanence. Ou du moins, rectifia-t-elle, il a fait semblant, ce qui revient au même en ce qui me concerne. »

La voix enrouée d'Eleanor démentait le ton qu'elle aurait voulu désinvolte.

« Pourquoi l'as-tu épousé, Ellie ? » demanda Sam.

Elle marqua une hésitation, comme avant de plonger dans le vide. Puis elle se jeta à l'eau.

« C'était lui le père.

– Pardon ?

– Quand j'ai avorté. »

Sam la regarda fixement.

« Tu avais dit que tu ignorais lequel de nous deux était le père.

– Non, je le savais. Quand j'ai couché avec toi, j'ai pris mes précautions.

– Mais pas quand tu as couché avec Adrian ? » Eleanor acquiesça. Sam leva les bras au ciel. « Bon Dieu ! Pourquoi tu ne l'as pas dit, à l'époque ?

– Il m'a semblé que c'était préférable. J'ai pensé que vous alliez me soutenir tous les deux, que ça préserverait notre trio, si vous ne saviez ni l'un ni l'autre qui était le père. Un peu comme la cartouche à blanc dans le peloton d'exécution, tu vois. » À la réflexion, elle ajouta : « Ou le contraire…

– Je… Je… » Pour une fois, Sam ne trouvait pas ses mots.

Eleanor se leva et se mit à marcher de long en large.

« J'étais paumée, saisie de panique. Une très jeune femme qui, tout simplement, aurait voulu ne pas être enceinte. Mais après, ça m'a complètement démoralisée. Un jour – c'était quand tu te trouvais en Amérique, grâce à cette bourse que tu avais obtenue – j'ai révélé à Adrian qu'il était le père. Au début, il était abasourdi, comme toi. Et puis il n'a pas tardé à me demander en mariage.

— Pour que vous puissiez avoir d'autres enfants ?

— Oui. Mais il m'arrive de m'interroger sur le sexe de l'embryon que je portais, lors de cette première grossesse. J'aurais aimé avoir une fille, dit Eleanor.

— Ça aurait peut-être donné une Fanny Tarrant…

— Ne plaisante pas là-dessus, Sam.

— Tu veux que je réagisse comment, alors ? Je peux me fâcher, si tu y tiens.

— Non.

— Bon sang, Ellie ! Tu m'as leurré.

— Je sais. Ce n'était pas bien. Je suis désolée.

— Et tu ne m'as jamais détrompé.

— J'essayais de me leurrer moi-même, Sam, de me faire croire que ce n'était pas arrivé.

— J'ai commis suffisamment de vraies erreurs au cours de ma vie, déclara-t-il d'un ton pénétré. J'aurais pu me passer de ma responsabilité à cinquante pour cent de celle-là.

— Je suis désolée, Sam », répéta Eleanor. Elle s'approcha de lui et lui toucha le bras. « Dis-moi que tu me pardonnes.

— D'accord. Je te pardonne. »

Elle l'embrassa sur la joue et elle alla s'asseoir sur la méridienne.

«Tu vas encore endurer longtemps l'hostilité d'Adrian ?

– Non. Si odieux que soit l'article de Fanny Tarrant, ce sera moins pénible que l'attente de sa publication. Une fois que le ciel nous sera tombé sur la tête, j'ai l'intuition que le maléfice sera rompu. Adrian se remettra à me parler, et tout s'arrangera.

– Et sinon ?

– Sinon, je profiterai peut-être de ta chambre d'amis », répondit Eleanor avec un pâle sourire.

Sam s'assit sur le canapé.

«Vous avez les journaux à quelle heure, normalement ?

– C'est variable. Ça dépend si Mr Barnes prend sa camionnette pour les distribuer lui-même, ou s'il en charge son fils à vélo. Je t'ai pris pour la camionnette.

– Et si j'allais tout de suite en voiture au village chercher le *Sentinel* ?

– La boutique ne sera pas encore ouverte.

– J'en trouverai·bien une ouverte quelque part.

– Pas à cette heure-ci, un dimanche. Pas dans le coin. »

Ils restèrent un moment silencieux.

«C'est drôle, observa Eleanor, ça me rappelle les dimanches matin à Londres quand on attendait l'arrivée des journaux après la sortie d'un livre. J'éprouvais toujours une sensation bizarre, un peu nauséeuse, parce qu'il y avait un suspense ; on espérait que les critiques seraient bonnes mais, au fond, on savait bien que le sort en était jeté, irréversible : elles étaient imprimées. Des tas de gens les avaient déjà lues. Je détestais cette sensation. Dans ces moments-là, je sympathisais avec Adrian.

— Tu veux que je reste avec toi jusqu'à ce que les journaux soient là, ou tu préfères être seule ? demanda Sam.

— Reste.

— Dans ce cas, je pourrais avoir une tasse de café ? »

Eleanor sourit et se leva.

« Oui, bien sûr.

— Et j'ai besoin de me laver les mains, comme disent les Yankees.

— Il y a des toilettes en bas, là-derrière. Je vais te montrer. »

Elle le fit passer par la cuisine. Une minute plus tard, Adrian, en T-shirt et pantalon de survêtement, descendit l'escalier et se dirigea dans le couloir vers la porte de la maison. Presque aussitôt, il fit demi-tour pour pénétrer dans la salle de séjour. Il la parcourut des yeux comme s'il cherchait quelque chose. Eleanor arriva de la cuisine, chargée d'un plateau. À la vue d'Adrian, elle s'arrêta net.

« Si ce sont les journaux que tu cherches, ils ne sont pas encore arrivés », lança-t-elle.

Adrian fit comme s'il ne l'avait pas entendue. Il alla prendre dans le porte-revues près de la cheminée un vieux supplément dominical. Il s'installa dans un fauteuil et feignit de lire.

Eleanor entreprit de disposer sur la table le contenu de son plateau. « Je fais du café et des toasts. Tu en veux ? » demanda-t-elle. Adrian demeura sans réaction. « Sam est là », ajouta-t-elle. Adrian sursauta et la regarda. « Il est aux toilettes. » Adrian se replongea dans son magazine. « Je lui ai tout raconté, poursuivit Eleanor, alors tu ferais mieux de laisser tomber ton petit numéro idiot. »

Adrian ne broncha pas. Eleanor posa bruyamment sur la table les derniers couverts de son plateau et elle retourna à la cuisine. Adrian cessa de faire semblant de lire. Quelques instants plus tard, Sam reparut.

« Adrian ! Te voilà sorti du lit », s'exclama-t-il d'un ton un peu trop jovial.

Adrian le dévisagea froidement.

« Qu'est-ce que tu fais ici ?

– Je débarque de Los Angeles. Je suis passé à tout hasard chercher mon vase. » Il se dirigea vers le guéridon où était posé l'objet et il le prit.

« Je croyais que tu devais rester un mois là-bas.

– Changement de programme, dit Sam en faisant tourner entre ses mains la céramique. Superbe vernis, commenta-t-il.

– Tu veux dire que les producteurs t'ont viré ?

– Non, c'est moi qui les ai virés. Dans un sens. » Il remit le vase sur le guéridon.

« Dans quel sens ? s'enquit Adrian.

– J'ai décampé. J'ai décidé que je ne voulais pas me prostituer à Hollywood. J'étais là sous un parasol au bord de ma piscine privée de Beverly Hills, à remanier pour la énième fois une scène d'amour entre Florence Nightingale et une jeune infirmière…

– Florence Nightingale était lesbienne ?

– Elle l'est dans ce film, répondit Sam. En tout cas, j'étais en train de pianoter sur le clavier de mon portable quand, tout d'un coup, je me suis dit : qu'est-ce que je fiche là, à perdre mon temps sur cette merde ? D'accord, je vais ramasser un paquet de fric, mais qui sait si le film sera jamais tourné, et même s'il est tourné, est-ce qu'ils garderont mon dialogue, et de toute façon qui s'en souciera dans dix ans?

— Une sorte de révélation sur le chemin de Damas, dit Adrian.

— C'est ça. Je me sens redevenu moi-même.

— Et par la même occasion tu es redevenu chauve, je remarque. »

Sam ne releva pas la pique.

« Je me suis aperçu que je courais le danger de me transformer en machine à écrire des scénarios. »

Adrian parut frappé par cette métaphore.

« Tu veux dire qu'en fabriquant des scénarios à la chaîne, tu ne te laisses pas le temps de jauger la qualité de ta production?

— Ouais, exactement.

— Tiens, tiens », fit Adrian. Il paraissait enfin impressionné. « Et comment comptes-tu y remédier?

— Je vais prendre une année sabbatique, ou deux, répondit Sam. Refuser toutes les offres concernant des scénarios. M'adonner à des lectures sérieuses et réfléchir. Peut-être écrire un roman.

— Un roman?

— Oui, j'ai toujours eu envie de m'essayer à ça.

— C'est plus difficile que tu n'imagines, glissa

Adrian. Alors, tu ne vas pas proposer à la BBC d'adapter *La Cachette*?

– Euh, non, pas pour le moment. » Sam prit un air un peu honteux. «Désolé. J'ai cru comprendre que notre complot contre Fanny Tarrant n'est pas vraiment une réussite.

– Non.

– Peter Reeves t'a contacté pour le *Chronicle*?

– Oui.

– Ça ne l'intéressait pas?

– Si, dit Adrian. Mais ce que j'ai pu découvrir de plus compromettant sur le compte de Fanny Tarrant, c'est qu'elle était pensionnaire chez les sœurs, et non élève d'un lycée polyvalent; qu'elle vit avec un certain Creighton; et qu'elle a un papillon tatoué sur l'épaule, aux initiales d'un ancien rockeur. Maigres munitions pour une descente en flammes, tu en conviendras.

– Tandis que toi, tu lui en as livré, des munitions, paraît-il.

– Eleanor s'en est chargée.

– Allons, Adrian, sois honnête. C'est toi qui as parlé à Fanny Tarrant de nous trois à la fac.

– Hors interview.

– Mais quel besoin tu avais de lui raconter ça?

— Il s'agissait de limiter les dégâts. Elle avait flairé la piste…

— Et pourquoi le sauna ? »

Adrian tarda à répondre.

« Je n'en sais rien.

— Tu n'en sais rien ! s'exclama Sam.

— L'idée m'est venue comme ça. J'ai dû penser que si je lui filais dans les pattes un élément totalement imprévu, elle me révélerait peut-être quelque chose de tout aussi imprévu sur son propre compte.

— L'idée d'interview inversée, tu l'as vraiment prise au sérieux, hein ?

— Tu as l'air surpris.

— Pour être franc, dit Sam, je n'en reviens pas que tu aies joué le jeu. Pourquoi tu ne m'as pas tenu au courant ? » Adrian ne répondit pas. « Étant sans nouvelles de toi, j'ai supposé que tu avais laissé tomber. Je regrette que tu ne l'aies pas fait.

— Toi, tu regrettes ?

— Eh bien, c'est moi qui suis à l'origine de tout ça. Je me sens fautif.

— Alors, dit Adrian, tu meurs d'envie de réparer les dégâts, sûrement. Tu n'as qu'à récolter jusqu'au dernier tous les exemplaires du *Sunday Sentinel* d'aujourd'hui pour les faire brûler. Tu n'as qu'à faire du porte-à-porte dans tout le pays afin de racheter à n'importe quel prix ceux qui ont déjà été distribués. Tu n'as qu'à administrer une drogue entraînant l'amnésie aux gens qui ont déjà lu l'article de Fanny Tarrant, à l'heure qu'il est. » Il consulta sa montre. « À ta place, je m'y mettrais tout de suite. Tu n'as pas beaucoup de temps devant toi.

— D'accord, le mal est fait, je ne peux pas l'effacer, convint Sam. Mais je peux peut-être t'aider à t'en accommoder.

— Je ne vois guère de quelle façon.

— En t'y préparant au plan psychique. La peur est ta pire ennemie.

— Aurais-tu par hasard entrepris une thérapie pendant ton séjour en Californie ? demanda Adrian.

— Qu'est-ce que Fanny Tarrant peut raconter de pis à ton sujet ? Que tu as renoncé à écrire parce que tu ne supportais pas la critique.

— C'est ça, l'argument qui est censé me rassurer ?

— C'est ce qu'elle peut raconter de pis. Es-tu capable de l'affronter et de l'admettre ?

— Non, si tu veux tout savoir, répondit Adrian d'une voix âpre. Non, je ne suis pas capable de l'admettre. Je ne supporte pas l'idée qu'un demi-million de lecteurs apprennent ça. Ma faiblesse est irrémédiable, j'en ai honte, mais au moins j'avais réussi pendant vingt ans à la garder pour moi.»

Eleanor revint de la cuisine avec son plateau qu'elle posa sur la grande table.

«Ah, du café et des toasts! s'écria Adrian, changeant brusquement de ton. J'imagine que tu as déjà pris un petit déjeuner arrosé au champagne en survolant la mer d'Irlande, Sam, mais tu nous feras peut-être la grâce de ta compagnie. Prendrons-nous place à table, Ellie?

— Adrian, si tu continues ce cirque une minute de plus, je te jette cette cafetière à la figure, riposta Eleanor.

— Je ne vois pas de quoi tu parles, ma chère.

— Sam, laisse-nous.

— Pardon?

— Fais ce que je te dis! Va attendre dans le couloir.

— Attendre quoi?

— Sors!»

Sam quitta docilement la pièce et ferma la porte derrière lui.

«Soit tu me parles comme quelqu'un de normal, soit je m'en vais tout de suite, immédiatement et sans délai, dit Eleanor. Sam me propose d'aller chez lui.»

Adrian se taisait et il regardait ailleurs. Au bout de quelques instants, Eleanor se dirigea vers la porte du couloir. Elle avait presque la main sur la poignée lorsqu'il prit la parole, d'une voix sourde.

« D'accord. »

Elle s'arrêta et se retourna.

« Tu as dit quelque chose ?

– J'ai dit : D'accord.

– D'accord pour quoi ?

– D'accord pour te parler comme quelqu'un de normal. Je t'ai parlé. »

Eleanor revint sur ses pas.

« Tu vois, j'en étais à espérer que tu ne le ferais pas. Pour pouvoir me tirer d'ici la conscience tranquille.

– Je suis désolé, Ellie, dit Adrian.

– Tu as été vraiment infect depuis quinze jours.

– Oui, je sais.

– Ce n'est pas comme si j'avais eu envie de venir vivre ici, Adrian. Je n'avais aucune envie de lâcher mon travail au Victoria and Albert Museum, aucune envie de perdre de vue mes amis, ni de renoncer à aller quand ça me chante au théâtre, aux expositions, dans les magasins. C'est pour toi que je l'ai fait. Pour te procurer la paix de l'esprit. Pour t'empêcher de devenir fou. Et toi, comment tu me remercies ? Tu fiches tout par terre, rien que pour satisfaire ta vanité. Et quand je proteste, tu… tu… »

Elle s'affaissa sur le siège le plus proche et elle éclata en sanglots. La porte du couloir s'ouvrit sur le visage soucieux de Sam. Adrian voulut aller consoler Eleanor mais il fut devancé par Sam qui le repoussa.

« Ellie, qu'est-ce qu'il y a ? demanda-t-il en lui passant son bras autour des épaules.

— Qui t'a permis ? explosa Adrian.

— Pourquoi est-elle dans cet état ?

— Ça ne te regarde pas. »

Il tenta d'écarter Sam d'Eleanor. Après une minute d'un corps à corps qui manquait de dignité, ils se séparèrent en échangeant des regards incendiaires.

« J'ai parfois du mal à croire que nous avons été amis, dit Sam.

— J'éprouve la même difficulté, figure-toi, répliqua Adrian.

— Tu es devenu un crétin pompeux, égoïste et plein de morgue.

— Et toi, un abruti vaniteux, boursouflé et sans scrupules. Fanny Tarrant a mis dans le mille.

— Eh bien, dit Sam, je suis impatient de voir comment elle t'a soigné, toi. »

Tandis que les deux hommes s'affrontaient,

Eleanor commença à se ressaisir. Elle tira de la poche de sa robe de chambre un mouchoir en papier et elle se moucha.

« Sans scrupules ? reprit Sam. Qu'est-ce que tu entends par là ?

— Tu fus jadis un auteur dramatique prometteur. Tu as vendu ton âme à la télévision pour plaire aux foules.

— Je préfère plaire aux foules plutôt qu'être un raté supérieur. Tu as peur qu'à présent j'écrive un roman qui plaira aux foules, c'est ça ?

— L'idée que tu puisses écrire un roman est tellement grotesque…

— Taisez-vous, tous les deux ! » lança Eleanor. Elle leva la main d'un geste impérieux. Ils obéirent, et du même coup ils entendirent un véhicule approcher de la maison. « Je vais ouvrir, reprit-elle. Ça prend une éternité de glisser les journaux par la fente de la boîte aux lettres. » Elle sortit dans le couloir. Les deux hommes s'assirent pour attendre son retour.

Sam rompit le silence.

« Comment elle est, à poil ?

— Oh, pour l'amour du ciel !

— Sincèrement, ça m'intéresse.

— Je n'ai pas fait attention.

— Arrête, Adrian ! Tu veux me faire croire qu'après avoir persuadé Fanny Tarrant de se déshabiller tu n'as pas remarqué la grosseur de ses nénés ni la forme de son cul? Est-ce qu'elle se rase le pubis? »

Adrian ne répondit pas. Il regardait fixement Fanny Tarrant, qui venait d'apparaître à la porte du couloir et s'était figée sur le seuil en entendant prononcer son nom.

« Je parie que oui, poursuivit Sam sans se douter de rien, en se renversant en arrière sur la méridienne, les yeux fermés. Je parie que Fanny Tarrant se fait religieusement le maillot tous les vendredis soir, en laissant juste une mince touffe de poils, telle une moustache verticale au bas du ventre. J'ai gagné?

– Perdu! C'est un triangle », dit Fanny en s'avançant dans la pièce, suivie par Eleanor.

Sam se leva d'un bond. Il resta bouche bée face à la journaliste.

« Qu'est-ce que vous foutez ici? articula-t-il enfin.

– Je passais dans le coin, répondit-elle. Mais je ne m'attendais pas à vous rencontrer, Mr Sharp. »

Un peu pâle, elle n'avait pas l'air tout à fait dans son assiette. Elle portait une tenue décontractée, une liquette et un pantalon assorti.

Eleanor semblait à la fois en colère et troublée.

« C'est toi qui l'as invitée ? demanda-t-elle à Adrian.

— Tu plaisantes.

— Elle a peut-être oublié quelque chose dans le sauna, suggéra Sam.

— Que voulez-vous ? demanda Adrian à la journaliste.

— Vous l'avez lu, je suppose… mon papier sur vous ?

— Non. Nos journaux ne sont pas encore arrivés.

— Ah ! » Fanny sembla désarçonnée. « Eh bien, à votre place, je ne prendrais pas cette peine. Le papier n'est pas très gentil. Mais il va passer inaperçu. » Elle lorgna la table. « Il reste-rait du café, par hasard ?

— Qu'est-ce que tout ça signifie ? lança Elea-nor. Vous n'êtes pas la bienvenue chez nous.

— C'est peu dire, intervint Sam.

— Je meurs d'envie d'une tasse de café.

— Alors, allez-y, répondit Eleanor. Mais ne comptez pas sur moi pour vous la servir. »

Fanny s'approcha vivement de la table pour se verser une tasse de café.

« Qu'avez-vous raconté au sujet d'Adrian ? reprit Eleanor.

— Vous devez bien vous en douter. L'idole de mon adolescence qui s'est révélée avoir des pieds d'argile. Un homme qui rendait la vie impossible à sa famille à cause d'une mauvaise critique. L'écrivain contraint à s'éloigner du four parce qu'il ne supportait pas la chaleur, mais qui a fait semblant de ne plus s'intéresser à la cuisine. »

Adrian s'était raidi en écoutant cette diatribe. Fanny but son café et soupira de plaisir. « Seigneur, j'en avais besoin.

– C'est tout ? » demanda Eleanor.

Fanny se montra étonnée.

« Ça ne vous suffit pas ?

– Il n'y a… rien à propos de l'époque de la fac ?

– C'était hors interview. Vous me permettez de prendre un toast ? »

Interloquée, Eleanor haussa les épaules.

« Faites donc.

– Peut-on vous offrir autre chose ? ironisa Sam. Vous voulez des œufs ? Vous les aimez coulants ou à point ?

– Non, ça va très bien comme ça, dit Fanny en mordant dans son toast. Je dois faire de l'hypoglycémie. En voiture, la tête me tournait.

– Écoutez, quant à moi, j'en ai soupé de cette plaisanterie, déclara Sam. Déballez ce que vous avez à déballer et foutez le camp. Ou bornez-vous à foutre le camp. »

Fanny les regarda tous les trois tour à tour,

puis elle jeta un coup d'œil au poste de télévision, muet dans son coin.

« Vous ne savez pas encore, hein ? dit-elle.

— Savoir quoi ? demanda Eleanor.

— C'est étrange, j'ai l'impression qu'un mur invisible nous sépare. Vous vous trouvez dans un autre fuseau horaire. Vous n'êtes pas au courant.

— Nous ne sommes pas au courant de quoi ? » dit Adrian.

Quelque quatre-vingt-dix minutes auparavant, Fanny Tarrant se trouvait assise à l'avant d'une BMW 318i de couleur rouge conduite par son ami Creighton Dale. Ils allaient à l'aéroport de Gatwick prendre le charter qui devait les emmener en vacances en Turquie. La voiture roulait sur la voie médiane du périphérique londonien à très exactement cent dix kilomètres heure. Étant avocat, Creighton respectait scrupuleusement la réglementation. Il tenait à ce que son permis reste vierge. Lorsqu'ils étaient trop pressés, Fanny prenait le volant, pour le cas où ils se feraient pincer pour excès de vitesse. Mais le périphérique était peu encombré à cette heure de la matinée du dimanche, et ils avaient tout leur temps.

À l'appel de deux réveils et du service de

British Telecom, ils s'étaient levés tôt dans leur loft de Clerkenwell, à l'est de Londres, ils s'étaient habillés rapidement, ils avaient empoigné leurs bagages préparés la veille au soir et ils étaient sortis en bâillant dans la grisaille du petit jour, engourdis par le manque de sommeil. Mais, à présent, la perspective des vacances leur rendait leur entrain. Ils formaient un beau couple, Fanny, blonde et souple, et le svelte Creighton au nez aquilin, cheveux châtains coiffés *en brosse* *, et ils en semblaient conscients. La stéréo de la voiture passait doucement un CD ; œuvre d'un groupe belge nommé Enigma, c'était un mélange de chant grégorien et de techno dont ils appréciaient tous les deux les rythmes séduisants et la saveur un peu sacrilège.

« Tu n'as pas oublié ton appareil photo ? demanda Fanny.

— Non, mais il n'y a pas de pellicule dedans, répondit Creighton. J'en achèterai à l'aéroport.

— Et moi, je prendrai le canard d'aujourd'hui.

— Je croyais que tu te sortais les journaux de la tête pour quinze jours.

— C'est comme la dernière clope avant d'arrêter de fumer.

— Qu'est-ce qu'il contient de ta plume ?

— Le "Bloc-notes", et mon interview d'Adrian Ludlow.

— Adrian qui ça?

— Oui, soupira Fanny. Je crains que ce ne soit la réaction de plein de gens quand ils ouvriront leur journal : *Adrian qui ça?*

— Alors, pourquoi tu l'as interviewé?

— C'est l'auteur d'un roman qui a beaucoup compté pour moi, autrefois. *La Cachette.*

— Jamais entendu parler... Ça fait un bout de temps que tu n'as pas eu une vraie star, hein? observa Creighton. Commencerais-tu à leur faire peur?

— À leur entourage, en tout cas. Les attachés de presse se réservent le feu vert pour les intervieweurs, et quand ils entendent mon nom ils refusent. Ma seule chance, c'est d'entrer en contact direct avec mon gibier. Il y a très peu de gens qui repoussent une invitation à parler d'eux, d'après mon expérience. Remarque, ajouta-t-elle, c'est la première fois que j'ai à me déshabiller pour obtenir de quoi faire un papier.

— Ah, ce Ludlow, c'est celui qui a le sauna?

— Oui.

— Moi, dit Creighton, j'ai l'impression que c'est un vieux cochon.

— Non, il était plutôt gentil. Et tout à fait inoffensif.

— Mais tu lui as réglé son compte, j'espère?

— Je crois bien que tu es un peu jaloux, répliqua Fanny.

— Disons, soupçonneux. À quoi il ressemblait, ce sauna ?

— Une simple cabane en bois, toute petite, avec un poêle dans le coin. Des bancs sur deux niveaux, de la place pour trois personnes, quatre au maximum. Pratiquement sans fenêtre. Éclairée par une veilleuse ambrée au plafond, si bien qu'on se croirait assis à l'intérieur d'un four.

— Et vous étiez à poil tous les deux ?

— Au début, j'étais drapée dans une serviette-éponge, mais c'était trop inconfortable, je l'ai enlevée.

— Il n'a fait aucune tentative ?

— Non. Il y a seulement eu un moment où il… » Elle laissa sa phrase inachevée en se souvenant.

Creighton lâcha la route des yeux pour darder sur Fanny un regard incisif.

« Où il a fait quoi ?

— Il m'a touchée. Pas dans le sauna, après, pendant qu'on se reposait en peignoir. Je me sentais très détendue, complètement à l'aise. Je lui montrais mon tatouage, et il l'a touché du bout du doigt. Tout d'un coup, l'atmosphère était assez chargée. Je ne sais pas ce qui aurait pu se passer si sa femme n'avait pas débarqué au même instant.

— Sa femme a débarqué? Tu ne m'avais rien raconté de tout ça!

— Creighton, tu sais bien qu'on a à peine échangé trois mots de suite ces derniers temps, on était trop débordés tous les deux. Il y a une éternité qu'on n'a pas fait l'amour.

— Je compte me rattraper durant la quinzaine à venir, déclara-t-il. Tu en seras tout endolorie. » Fanny sourit complaisamment. « Alors, qu'a-t-elle dit, l'épouse?

— Pas grand-chose, pour commencer. Mais quand il est sorti quelques minutes de la pièce, elle m'a livré un tableau assez amer de sa vie conjugale. Une façon de soulager sa colère.

— Alors, tu lui as bel et bien réglé son compte, à lui?

— Oui, sans doute.

— Bravo! » Le CD s'acheva. « Mets autre chose, reprit Creighton.

— Écoutons la radio, suggéra Fanny. C'est l'heure des nouvelles.

— Toujours les nouvelles… »

Fanny appuya sur la touche de la radio, pré-réglée sur BBC 4. Un présentateur parlait avec quelqu'un au téléphone d'un accident de voiture. Ce fut seulement au bout d'une minute ou deux qu'ils entendirent les mots « Paris », « *paparazzi* » et « *Princess Diana* ».

« Diana ? s'écria Fanny. Seigneur, qu'est-ce qu'elle a encore fait ? »

Le présentateur termina sa communication téléphonique et dit : *Si vous venez de nous rejoindre, nous avons la confirmation officielle que la princesse de Galles est décédée dans un hôpital parisien, ce matin à quatre heures, des suites de blessures…*

Fanny étouffa une exclamation et saisit le bras de Creighton, provoquant une légère embardée de la voiture.

« Diana, morte ? Je ne peux pas le croire.

— Chut ! fit-il. Et lâche-moi le bras. »

Ils écoutèrent avec attention le sommaire du journal.

« Je ne peux pas le croire, répéta Fanny. Morte, Diana ! Et Dodi, lui aussi…

— Ainsi que le chauffeur. L'accident a dû être sacrément violent. » Il relâcha un peu la pression de son pied sur l'accélérateur et la vitesse tomba à cent kilomètres heure.

« Je ne peux pas le croire.

— Arrête de répéter ça, dit Creighton.

— Mais c'est tellement inconcevable.

— Pas vraiment. Si tu considères la façon dont elle s'est comportée ces dernières semaines.

C'était de la folie. Ça ne pouvait que mal se terminer.

— Mais mourir comme ça ! dit Fanny.

— Oui, c'est un coup de maître pour son image de marque. »

Fanny ricana, puis elle parut un peu contrite. « Creighton ! C'est dégueulasse de dire ça.

— Et pourtant c'est vrai. Personne n'osera plus la critiquer. »

Fanny se tut et demeura songeuse quelques instants.

« Oh, merde ! lâcha-t-elle soudain.

— Qu'est-ce qu'il t'arrive ?

— Dans mon "Bloc-notes", il y a un truc au sujet de Diana. »

Creighton lui jeta un coup d'œil en coin.

« Quoi donc ?

— Quelque chose de pas très élogieux.

— Forcément, puisque tu l'as écrit…

— Oh, merde ! répéta Fanny. Quel effet ça fera quand les lecteurs sauront qu'elle est clamsée ?

— Tu ne dois pas être la seule journaliste à te trouver dans ce mauvais pas ce matin.

— Ce n'est pas ça qui peut me réconforter.

— On fait de son mieux, répondit Creighton. Merde ! » s'exclama-t-il à son tour. De dépit, il tapa du poing sur le volant.

« Qu'est-ce qu'il y a ?

— J'ai loupé la sortie vers la M23. » Il fit taire la radio.

« Ne l'éteins pas ! protesta Fanny.

— Ça me distrait, c'est à cause de ça que j'ai loupé la bretelle.

— Pas grave, dit Fanny. Tu n'as qu'à faire demi-tour à la prochaine sortie.

— Oui, je sais, répliqua Creighton en réprimant mal son irritation. Mais je déteste commettre des erreurs. Heureusement qu'on est en avance. » Il donna un coup d'accélérateur et le compteur remonta à cent dix.

Une dizaine de kilomètres plus loin, ils empruntèrent une bretelle qui permit à Creighton de repartir en sens inverse pour rejoindre l'échangeur menant à la M23. Quand ils se retrouvèrent sur le bon chemin, il se détendit.

« On n'a guère perdu qu'une vingtaine de minutes », dit-il.

De nouveau muette et songeuse depuis un moment, Fanny remit la radio. Creighton parut contrarié, mais il s'abstint d'intervenir. Le présentateur parlait avec un reporter qui se trouvait devant les grilles de Kensington Palace, où les gens commençaient déjà à s'attrouper, certains avec des bouquets de fleurs. Le reporter leur demandait pourquoi ils étaient venus. *Elle a visité l'hôpital où était mon petit garçon. Il souffrait de leucémie. Elle lui a pris la main et elle lui a parlé. C'était une femme épatante.*

Fanny fondit en larmes. Creighton la regarda, stupéfait.

« Qu'est-ce qu'il te prend ? demanda-t-il en coupant de nouveau la radio.

– Je ne sais pas.

– D'accord, c'est triste, c'est dommage, mais tu ne la connaissais pas. Elle ne te plaisait même pas.

– Bien sûr, dit Fanny en se mouchant. C'est idiot, mais je n'y peux rien.

– Tu as tes règles, ou quoi ?

– Oh, je t'en prie, Creighton ! protesta Fanny. Je n'ai pas le droit d'avoir des sentiments humains, comme tout le monde ? Il faut mettre ça sur le compte des hormones ?

– Tu te sentiras mieux dès qu'on arrivera en Turquie, dit-il pour essayer de la rasséréner. Dès qu'on sera dans l'avion, en fait. Selon moi, les vacances commencent avec la première consommation offerte par l'hôtesse. »

Fanny rumina en silence quelques instants. Puis elle reprit la parole d'une voix sourde.

« Je ne pars pas.

– Pardon ?

– Je ne pars pas en Turquie.

— Qu'est-ce que tu racontes?

— Tu n'as pas l'air de t'en rendre compte, Creighton, ce qui arrive là, c'est méga. La femme la plus célèbre du monde vient de mourir. C'est l'histoire la plus énorme depuis... je ne sais pas, l'assassinat de Kennedy? Ça va avoir un impact... colossal. Comment la famille royale va-t-elle réagir? Comment le pays va-t-il réagir? Il y aura des obsèques comme on n'en a jamais vu. Je ne peux pas quitter l'Angleterre en ce moment.

— Tu veux dire... annuler le séjour?

— Oui.

— On va paumer tout le fric.

— Tant pis.

— Mais ça fait des semaines, des mois, qu'on rêve de ces vacances! On est épuisés tous les deux. On a besoin de ce voyage, Fanny!

— Ça attendra quelques semaines de plus.

— Je ne peux pas réorganiser mon planning du jour au lendemain.

— Dans ce cas, vas-y tout seul.

— Tout seul?

— Oui. Ça ne me gêne pas.

— Ça ne te gêne pas? s'exclama Creighton. Et moi? Tu crois que j'ai envie de passer quinze jours tout seul à l'hôtel dans une station de la côte turque?

– Tu feras sûrement connaissance avec des gens charmants.

– Ah, vraiment ? D'ordinaire, les gens prennent leurs vacances en couple ou en famille, au cas où tu l'ignorerais. Ils ne sont pas là pour se lier d'amitié avec un célibataire esseulé.

– Qui sait, tu rencontreras peut-être une célibataire esseulée », rétorqua Fanny. Aussitôt, elle parut le regretter.

« Et ça non plus, ça ne te dérangerait pas ? »

Il tournait sans cesse la tête pour la dévisager avec fureur au long de cet échange, mais elle évitait de croiser son regard.

« Non, répondit-elle d'un ton de défi, à condition que tu mettes un préservatif et que tu ne me racontes rien.

– Je n'en crois pas mes oreilles, dit Creighton. Tu as perdu la tête, Fanny. Tu mets en péril notre relation.

– Désolée, Creighton, mais je ne peux tout simplement pas envisager de me prélasser au bord d'une piscine en Turquie pendant que des événements historiques se déroulent ici. Ni de lire les comptes rendus dans des journaux de l'avant-veille. Évidemment, j'aimerais mieux que tu restes ici avec moi. Mais si tu tiens à partir, pars. Je ne t'en voudrai pas.

– Très bien, j'y vais.

— Très bien, alors, vas-y. »

Ils achevèrent le trajet dans un silence contraint. Creighton roula tout droit vers le hall des départs et il se gara devant les portes en verre. Laissant en place la clé de contact, il descendit de voiture et alla ouvrir le coffre. Debout près de lui, Fanny le regarda sortir ses bagages.

« Je regrette, Creighton, dit-elle, l'air malheureux. Amuse-toi bien. »

Il s'éloigna sans un mot. Les portes s'écartèrent pour le laisser passer et se refermèrent derrière lui.

Fanny s'assit au volant et elle ajusta le siège. Elle mit le moteur en marche et alluma la radio. *Les membres de la famille royale ont appris la nouvelle à Balmoral, où ils passent traditionnellement leurs vacances d'été*, disait le présentateur. *On croit savoir que le prince Charles a fait part aux jeunes princes du décès de leur mère.* Fanny démarra et, en s'écartant du trottoir, elle coupa la route à une limousine dont le conducteur freina net et klaxonna. Après avoir frôlé la collision, Fanny enfonça l'accélérateur. Désemparée, en larmes, écoutant avidement la radio, elle rata la sortie de l'aéroport vers la M23 et se retrouva sur une tranquille petite route de campagne. Elle se mit à rouler lentement en scrutant au passage les panneaux indicateurs pour avoir une idée d'où ce chemin la conduisait.

« Nous ne sommes pas au courant de quoi ? dit Adrian.

— Diana est morte, répondit Fanny.

— Diana ?

— Diana, princesse de Galles.

— *Quoi* ? s'exclama Eleanor.

— Comment ? » demanda Adrian.

Fanny leur raconta l'équipée de la voiture poursuivie par les *paparazzi* et fonçant dans Paris, le souterrain, le pilier en béton, la collision fatale.

« C'est censé être arrivé quand ? intervint Sam.

— Cette nuit.

— Vous en êtes tout à fait sûre ? dit Adrian.

— Oh oui. Nous l'avons appris par la radio dans la voiture, tout à l'heure.

— Nous ?

— Creighton et moi. Nous allions à Gatwick. »

Adrian tourna la tête vers la fenêtre.

« Alors, Creighton est avec vous ?

— Non, il s'est envolé tout seul pour la Turquie.

– Vous avez renoncé à vos vacances à cause de la mort de Diana ?

– Oui. J'ai peut-être aussi renoncé à mes liens avec Creighton. Mais il était hors de question pour moi de quitter l'Angleterre en un tel moment.

– Et pourquoi diable êtes-vous venue ici ? demanda Adrian.

– J'ai deux papiers dans le *Sentinel* d'aujourd'hui, répondit Fanny. Votre interview. Et mon "Bloc-notes". Qui concerne en majeure partie Diana. » Elle marqua une pause en se mordillant les lèvres.

« Ah, mince ! s'exclama Sam.

– Quand j'ai entendu la nouvelle, ma première réaction a été de la stupeur mêlée d'incrédulité. Ensuite, je me suis rappelée ce que j'avais écrit sur Diana. J'ai songé à tous les gens apprenant au réveil la mort de la princesse, puis ouvrant un peu plus tard leur journal et lisant mes sarcasmes effrontés à son sujet. Je m'en souviens textuellement : *Elle veut tout à la fois, elle voudrait être la madone des champs de mines, qui berce dans son giron des bambins mutilés, et la top-star du monde occidental, qui pose en maillot de bain peau de panthère sur le hors-bord de Dodi...*

– Charmant, dit Sam. Je reconnais le style.

– Je ne suis pas seule dans la presse à avoir

fait cette remarque, mais personne n'aurait envie de la voir ce matin noir sur blanc avec sa signature. J'aurais donné n'importe quoi pour faire disparaître mon papier, mais c'était trop tard, il était imprimé, déjà en route vers des centaines de milliers de foyers… Le reporter de la radio était devant les grilles de Kensington Palace, où la foule afflue, les gens viennent déposer des fleurs. Il a interrogé une femme dont Diana avait réconforté le petit garçon à l'hôpital. J'ai fondu en larmes… Creighton a cru que j'étais en train de déjanter… On s'est engueulés parce que je ne voulais plus aller en Turquie… À l'aéroport, il est parti sans se retourner en me plantant là avec la voiture… Je n'étais pas vraiment en état de conduire, j'ai raté la sortie vers l'autoroute et je me suis retrouvée sur une route secondaire en pleine campagne. Pour ma sécurité, j'ai décidé que j'avais intérêt à ne pas en bouger. J'écoutais la radio, principalement les mêmes informations en boucle. Je n'arrêtais pas de penser à mon "Bloc-notes", sous-titré "La princesse Tout-à-la-fois". Je me disais : et pourquoi elle n'aurait pas tout à la fois, merde ? Est-ce qu'on n'en voudrait pas tous autant, si ça se pouvait ? Quel sale truc mesquin à écrire. Et puis, poursuivit Fanny en se tournant vers Adrian, j'ai pensé à mon papier sur vous dans le même numéro… Je me suis mise à me le repasser dans la tête, et ça aussi, ça m'a paru vachement mesquin… À ce moment-là, j'ai lu sur un panneau le nom de votre village avec une flèche… et j'ai suivi la direction indiquée.

— Alors, que voulez-vous de nous ? demanda Eleanor. Notre pardon ?

— Ce serait bien », dit Fanny comme si elle n'avait rien attendu de tel. Elle regarda Adrian.

Il haussa les épaules. « Pour ce qu'il vaut…

— Non ! intervint Sam. Ne la laisse pas s'en tirer à si bon compte. Moi, je ne lui ferai pas grâce.

— Oh, je ne songeais pas à vous, Mr Sharp, répliqua la journaliste. Je ne suis pas sûre d'éprouver le moindre repentir à votre égard.

— Ça tombe bien, parce que votre repentir, j'allais vous dire de vous le mettre où je pense. De ma vie je n'ai entendu un pareil tas de foutaises pleurnichardes. »

Fanny ne releva pas.

« Écoutez, dit-elle à Adrian, vous ne devriez pas trop vous tourmenter à propos de mon interview, parce que personne ne la lira.

— Comment ça ?

— Personne ne lira les journaux du dimanche aujourd'hui, sauf ce qui concerne Diana. Les gens vont regarder la télé, écouter la radio et attendre la presse de demain, la langue pendante. Pour le moment, il n'y a qu'une histoire qui les intéresse, et ce n'est pas la vôtre. C'est pour ça que je suis passée, en réalité – pour vous dire ça. Maintenant, je me sauve. Merci pour le petit déjeuner. »

Fanny s'en fut. Ils entendirent se fermer derrière elle la porte de la maison, puis ronfler le moteur de sa voiture. Adrian alla à la fenêtre et regarda dehors.

Eleanor rompit le silence.

« C'est inimaginable.

– La conversion de Fanny Tarrant sur le chemin de Gatwick ? demanda Sam.

– La mort de Diana.

– Ah ! »

Le crissement du gravier sous les pneus annonça le départ de la journaliste. Adrian tourna le dos à la fenêtre.

« C'est incroyablement poétique, non ? Dans le style des tragédies grecques. On ne s'attend pas à ce que la vie imite l'art de si près.

– Poétique ? dit Eleanor. Être réduite en bouillie dans un accident de voiture ?

– Oui, mais pourchassée par les *paparazzi*... les Furies des médias. Et tuée en compagnie de son nouvel amant. L'amour et la mort. Terrible symétrie.

— Faut-il vraiment que tu fasses de la littérature à tout propos ? C'était une femme en chair et en os, bon sang, à la fleur de l'âge ! Et la mère de deux jeunes garçons.

— Tu ne me donnais pas l'impression de beaucoup te soucier d'elle, riposta Adrian.

— Non, c'est vrai… ou c'est ce que je croyais, rectifia Eleanor, pensive. Mais quand j'ai entendu les mots *Diana est morte*, j'ai eu un coup au cœur, comme s'il s'agissait de quelqu'un que je connaissais personnellement. C'est étrange.

— C'était une star, intervint Sam. C'est aussi simple que ça.

— Rien n'est aussi simple, Sam. »

Eleanor alluma la télé et elle s'assit à côté de lui sur la méridienne. Le poste était assez vétuste et il mettait un certain temps à chauffer.

« Ma lecture de l'événement sous forme de tragédie antique ne signifie pas qu'il me laisse indifférent, dit Adrian. En fait, je suis plus ému que je ne l'aurais cru possible. Pas autant que Fanny Tarrant, peut-être, mais…

— Fanny Tarrant ! coupa Sam. Tu n'as tout de même pas mordu à cet acte de pénitence ? Elle ne tardera pas à reprendre son travail de sape, ainsi que tous ses semblables. »

Le son de la télé devenant audible, Adrian

s'assit sur la méridienne pour regarder les informations avec les deux autres.

« Je ne sais pas, reprit-il. Un décès peut amener un changement. Même le décès de quelqu'un qu'on ne connaissait pas, s'il a une dimension suffisamment…

— Poétique ? compléta Sam.

— Mais oui. … *En suscitant la pitié et la crainte, opère la purgation propre à de telles émotions.*

— Ce bon vieil Aristote ! Que ferait-on sans lui ?

— Nous éprouvons de la pitié pour la victime et de la crainte pour nous-mêmes. L'effet peut être puissant. »

Assise entre eux deux, Eleanor les interrompit.

« Taisez-vous, pour l'amour du ciel ! Vous m'empêchez d'entendre ce qu'ils disent. »

Un responsable d'une organisation d'aide humanitaire parlait avec le présentateur des activités de la princesse en faveur des victimes de mines antipersonnel.

Sam se pencha en arrière pour s'adresser à Adrian dans le dos d'Eleanor.

« D'après toi, on va donc avoir droit à une catharsis nationale ?

— Possible », répondit Adrian.

La télévision passait des images d'archives de Diana en tenue de safari, s'avançant toute seule sur un sentier balisé dans une brousse infestée de mines, posant fermement un pied devant l'autre, la tête haute.

«Bon, on verra, dit Sam. Je crois que je vais me sauver, Ellie. Où est mon vase?» Il se leva et regarda autour de lui.

«Oh, ne t'en va pas, Sam! s'écria-t-elle. Reste.

— Eh bien, je ne sais pas…

— Adrian!

— Quoi?

— Dis à Sam de rester.

— Reste, dit Adrian sans quitter des yeux l'écran.

— J'ai le décalage horaire qui me tombe dessus, dit Sam à Eleanor. Je vais m'endormir.

— Il y a un lit dans la chambre d'amis.

— Je croyais qu'en ce moment Adrian…» Sam sembla hésiter à terminer sa phrase. «… l'occupait», bredouilla-t-il.

Adrian tourna la tête pour le regarder.

«Assieds-toi, Sam. Ça me ferait plaisir que tu restes.

— Bon, d'accord.»

Sam se rassit. Eleanor lui pressa la main. Ils se remirent à regarder la télé. Le sujet sur les mines antipersonnel s'acheva. Le présentateur pivota sur son fauteuil et s'adressa à la caméra.

« Est-ce qu'il pleure ? observa Sam, incrédule. Je crois bien qu'il pleure !

— Oui, il pleure, répondit Eleanor.

— Extraordinaire ! Ça, c'est vraiment extraordinaire.

— Tu vois ? » dit Adrian.

Le présentateur demandait maintenant à un reporter posté à Kensington Palace si les gens venus déposer des fleurs manifestaient de l'hostilité envers les photographes de presse présents sur les lieux, puisque les *paparazzi* passaient pour être impliqués dans l'accident fatal. « Oui, répondit le reporter, il y a eu des marques d'hostilité. » Une femme avait crié à un photographe : *Vous ne lui avez pas encore fait assez de mal ?*

Du couloir parvint le bruit des journaux glissés par la fente de la porte et qui tombaient sur le carrelage.

« Les journaux sont arrivés, constata Eleanor.

— Je vais vous les chercher ? proposa Sam.

— Non, laisse-les où ils sont », dit Adrian sans détourner son regard de l'écran.

Ils continuèrent de regarder la télévision.

Postface

Tirer d'une pièce de théâtre une œuvre romanesque constitue une entreprise littéraire assez inhabituelle. Bien entendu, les adaptations de romans pour le cinéma ou pour la télévision sont très courantes, et j'ai moi-même eu l'occasion de me livrer à cet exercice. La « novellisation » de films ou de feuilletons télévisés est aussi un genre reconnu, quoique plutôt méprisé. Il existe de nombreux exemples de romans ou de nouvelles adaptés pour le théâtre (mais rarement par l'auteur d'origine). En revanche, transposer sur la page imprimée une histoire conçue pour la scène est sûrement la pratique la plus rare. C'est pourquoi il me semble intéressant d'expliquer comment et pourquoi j'ai écrit cette *novella**.

---

* Par sa structure, la *novella*, terme anglo-saxon, est plutôt une longue nouvelle qu'un court roman. *(N.d.l.T.)*

La plupart des idées qui me viennent pour des œuvres de fiction appellent le développement complexe que seule permet l'ampleur d'un roman. J'ai été amené à écrire ma première pièce, *The Writing Game* *, parce qu'il m'est apparu que l'intrigue, impliquant cinq participants à un atelier d'écriture, présentait l'unité de temps, de lieu et d'action prescrite par les règles de la dramaturgie classique. Ce fut pour moi une expérience passionnante de collaborer à sa création par le Birmingham Repertory Theatre. Depuis, il y a eu deux autres mises en scène de *The Writing Game*, et la pièce a bien failli être produite à Londres et à New York. Je me suis senti suffisamment encouragé pour tenter d'en écrire une autre (à vrai dire, j'avais en vue une trilogie sur le thème de la vie littéraire dans la société contemporaine). Là encore, le sujet m'est apparu proprement théâtral : l'interview de personnalités.

Dans le journalisme, l'interview est née au XIXᵉ siècle, où elle fut importée des États-Unis en Grande-Bretagne, mais son emprise s'est démesurément élargie à l'époque actuelle. À mes débuts, vers la fin des années 50, les romanciers étaient rarement interviewés à moins d'être vrai-

* *The Writing Game* : L'Atelier d'écriture. *(N.d.l.T.)*

ment très célèbres et, en ce qui me concerne, personne ne m'a sollicité avant 1980. Aujourd'hui, l'interview – pas seulement dans la presse écrite, mais à la radio, à la télévision et même sur Internet – fait systématiquement partie du lancement de toute production littéraire ou artistique, à de très rares exceptions.

Parallèlement, le rapport de forces entre intervieweur et interviewé a changé. L'exercice qui consistait autrefois en une conversation relativement conventionnelle et respectueuse a pris un tour plus inquisiteur et agressif (une tendance plus accentuée en Angleterre, je crois, que nulle part ailleurs). L'intervieweur veut du sang – le sang de révélations inédites et personnelles – en échange de la publicité gratuite qu'il fournit à l'interviewé. Il cherche à affirmer sa propre personnalité et à manifester ses propres talents. Par ce biais, il peut lui-même accéder à une forme de célébrité. Quant à l'interviewé, il est enclin à se sentir blessé et trahi par un tel traitement.

Il m'a donc semblé que l'interview journalistique offrait un matériau idéal pour le théâtre. Elle peut prendre la forme d'un affrontement, d'un marché, d'une confession, d'un numéro de séduction ou de tout cela tour à tour. Dans ma pièce, j'ai corsé l'enjeu en inventant que l'intervieweuse va se trouver à son insu cuisinée par l'interviewé, lequel compromet ainsi la discrétion farouche dont il a jusque-là entouré sa vie privée. Écrire cette pièce (et la récrire à maintes reprises) a consisté principalement à ancrer cette situation dans tout un contexte de rapports humains, puis à fournir une issue théâtrale aux questions soulevées. La création de la pièce était déjà programmée, il restait à peine deux mois avant le début des répétitions lorsque j'ai trouvé un dénouement qui m'agrée.

Apparemment, telle qu'elle a été présentée à Birmingham en février 1998, la pièce a plu au public mais pas à un assez grand nombre de critiques de la presse nationale pour lui ouvrir l'accès à une scène londonienne, ni pour susciter sa reprise autre part. Quelque sept mille cinq cents spectateurs l'ont vue à Birmingham. J'ai préparé le texte pour la publication chez Secker & Warburg sans croire pour autant que j'allais le faire découvrir à plusieurs milliers d'autres personnes. Les pièces de théâtre n'obtiennent pas de gros chiffres de vente en librairie, même lorsqu'elles sont l'œuvre de célèbres auteurs dramatiques. De temps à autre, l'idée que je pourrais récrire *Les quatre vérités* sous une forme romanesque me traversait l'esprit.

À l'annonce de la parution du texte, un nombre étonnant de gens des médias et du monde de l'édition ont cru qu'il s'agissait d'un nouveau roman adapté de ma pièce et, une fois détrompés, ils ont paru s'en désintéresser. Ce qui m'a amené à réfléchir plus sérieusement à la possibilité d'en tirer une novella, forme sous laquelle *Les quatre vérités* pourrait atteindre une audience beaucoup plus vaste, non seulement chez nous mais dans d'autres pays où la pièce avait peu de chances d'être jamais mise en scène ou éditée. Toutefois, je n'avais encore rien entrepris dans ce sens lorsqu'en mars 1999 un colloque sur la traduction m'a amené à Paris. J'ai été accueilli à l'aéroport par mon éditrice parisienne Françoise Pasquier, qui venait de lire la pièce, et ses premiers mots furent pour me dire qu'elle lui plaisait beaucoup et qu'elle voulait la publier. Quand j'ai parlé de mon idée d'une version romancée, elle s'est montrée encore plus enthousiaste. J'ai décidé que si je devais l'écrire, c'était le moment ou jamais et, dès mon retour en Angleterre, j'ai délaissé mes autres projets pour passer à l'acte.

D'emblée, plutôt qu'à un roman, j'avais songé à la novella, un livre court qui préserverait la structure dramatique de la pièce. S'il arrive si rarement qu'un livre soit tiré d'une pièce, l'une des raisons est peut-être que celle-ci, en général, aurait besoin d'être considérablement développée pour donner un roman de longueur moyenne; or ce processus risque de détruire la valeur essentielle de l'œuvre initiale, concentrée pour la scène sur quelques moments décisifs dans la vie de ses personnages. Il m'a semblé que ce serait une lourde erreur de déborder des contours de ma pièce afin de décrire à loisir le passé des protagonistes, ou leur cheminement mental, de la façon propre au roman. Je me suis borné à un seul apport important de matériau, dans le quatrième et dernier chapitre, où la forme narrative plus flexible m'a permis d'explorer le changement d'état d'esprit du personnage de l'intervieweuse plus en profondeur et en détail que ne le permettaient les contraintes scéniques.

À part cela, l'histoire se déroule, dans la novella comme dans la pièce, au travers du dialogue et de l'interaction des quatre personnages principaux, en trois circonstances et en un laps de temps de trois semaines. Il n'y a pas de percée privilégiée dans les pensées intimes des personnages, pas plus que le point de vue narratif n'appartient à l'un d'entre eux. Certes, cette technique littéraire n'a rien en soi d'une innovation. Elle a été employée, avec plus ou moins de rigueur, par un certain nombre de romanciers anglais du XXᵉ siècle en réaction contre la littérature du subjectif, tels Evelyn Waugh, Christopher Isherwood ou Henry Green. Mais, pour ma part, c'est la première fois que j'écris sur ce mode tout un ouvrage, qui est par ailleurs ma première novella.

Au lecteur de juger si « ça marche » ; quant à moi, j'ai trouvé cette entreprise captivante ; pour la mener à bien, j'ai été grandement aidé par les discussions et les révisions intervenues au moment des répétitions de la pièce, et par mes souvenirs des nombreuses représentations auxquelles j'ai assisté. Il est intéressant de noter que tout changement opéré dans un texte théâtral en répétition devient la propriété intellectuelle de l'auteur, quelle qu'en soit la source. Au moins l'un des bons mots du dialogue revient en réalité à Brian Protheroe, qui jouait le rôle d'Adrian, et j'ai repris tout au long de la novella des nuances expressives et gestuelles qui proviennent de la mise en scène et de l'interprétation. D'un autre côté, il y a plusieurs répliques ou des passages entiers qui avaient été coupés à divers stades, soit à cause d'un problème de durée, soit parce qu'ils fonctionnaient mal sur scène, mais qui m'ont paru utiles dans la novella. Les extraits de l'éreintement de Sam Sharp par Fanny Tarrant appartiennent pour la plupart à cette catégorie. Trouver l'usage de ces éléments de mon travail est l'un des plaisirs imprévus que m'a procurés la rédaction de cette novella ; car, ainsi que la plupart (je crois) des écrivains, j'ai horreur de gaspiller quoi que ce soit qui m'a coûté un effort.

Rivages poche /Bibliothèque étrangère

Harold Acton
Pivoines et poneys (n° 73)

Sholem Aleikhem
Menahem-Mendl le rêveur (n° 84)

Kingsley Amis
La Moustache du biographe (n° 289)

Jessica Anderson
Tirra Lirra (n° 194)

Reinaldo Arenas
Le Portier (n° 26)

James Baldwin
La Chambre de Giovanni (n° 256)

Melissa Bank
Manuel de chasse et de pêche à l'usage des filles (n° 326)

Quentin Bell
Le Dossier Brandon (n° 102)

Stefano Benni
Baol (n° 179)

Ambrose Bierce
Le Dictionnaire du Diable (n° 11)
Contes noirs (n° 59)
En plein cœur de la vie (n° 79)
En plein cœur de la vie, vol. II (n° 100)
De telles choses sont-elles possibles ? (n° 130)
Fables fantastiques (n° 170)
Le Moine et la fille du bourreau (n° 206)

Elizabeth Bowen
Dernier Automne (n° 265)
Eva Trout (n° 358)

Paul Bowles
Le Scorpion (n° 3)
L'Écho (n° 23)
Un thé sur la montagne (n° 30)

Elizabeth Jolley
L'Héritage de Miss Peabody (n° 87)
Tombé du ciel (n° 131)
Foxybaby (n° 161)
Le Puits (n° 282)

Francis King
La Maison des ténèbres (n° 349)

Barbara Kingsolver
L'Arbre aux haricots (n° 224)
Les Cochons au paradis (n° 242)
Les Yeux dans les arbres (n° 331)

Rudyard Kipling
Le Miracle de saint Jubanus (n° 85)

Fatos Kongoli
Le Paumé (n° 271)
L'Ombre de l'autre (n° 301)

Mirko Kovač
La Vie de Malvina Trifković (n° 111)

Gavin Lambert
Le Crime de Hannah Kingdom (n° 104)

Wendy Law Yone
Tango birman (n° 342)

Ella Leffland
Rose Munck (n° 134)

David Lodge
Jeu de société (n° 44)
Changement de décor (n° 54)
Un tout petit monde (n° 69)
La Chute du British Museum (n° 93)
Nouvelles du Paradis (n° 124)
Jeux de maux (n° 154)
Hors de l'abri (n° 189)
L'homme qui ne voulait plus se lever (n° 212)
Thérapie (n° 240)
Les Quatre Vérités (n° 362)

Rosetta Loy
Les Routes de poussière (n° 164)
Un chocolat chez Hanselmann (n° 255)
Madame Della Seta aussi est juive (n° 318)

Alison Lurie
Les Amours d'Emily Turner (n° 7)

Rivages poche /Petite Bibliothèque
Collection dirigée par Lidia Breda

Achevé d'imprimer en décembre 2001
sur les presses de l'Imprimerie Maury-Eurolivres
45300 Manchecourt
pour le compte
des Éditions Payot & Rivages
106, bd Saint-Germain - 75006 Paris

Dépôt légal : décembre 2001
N° d'imprimeur : 91265